ちくま文庫

教科書で読む名作

羅生門・蜜柑 ほか

芥川龍之介

筑摩書房

カバー・本文デザイン　川上成夫

目次

傍注イラスト・秦麻利子

教科書で読む名作　羅生門・蜜柑ほか

【凡例】

一 「教科書で読む名作」シリーズでは、なるべく原文を尊重しつつ、文字表記を読みやすいものにした。

1 原則として、旧仮名遣いは新仮名遣いに、旧字は新字に改めた。

2 極端な当て字と思われるもの、代名詞・接続詞・副詞・連体詞・形式名詞・補助動詞などの一部は、仮名に改めたものがある。

3 常用漢字で転用できる漢字で、原文を損なうおそれが少ないと思われるものは、これを改めた。

4 送り仮名は、現行の「送り仮名の付け方」によった。

5 常用漢字の音訓表にないものには、作品ごとの初出でルビを付した。

二 今日の人権意識に照らして不当・不適切と思われる、人種・身分・職業・身体および精神障害に関する語句や表現については、時代的背景と作品の価値にかんがみ、そのままとした。

三 本巻に収録した作品のテクストは、『芥川龍之介全集』（全12巻）を使用した。

四 本書は、ちくま文庫のためのオリジナル編集である。

羅《ら》生《しょう》門《もん》

発表――一九一五（大正四）年
高校国語教科書初出――一九五七（昭和三二）年

数研出版『日本現代文学選』
明治書院『高等国語総合2』
有朋堂『国文現代編』

ある日の暮れ方のことである。一人の下人[1]が、羅生門[2]の下で雨やみを待っていた。

広い門の下には、この男のほかに誰もいない。ただ、所々丹《に》塗《ぬ》り[3]の剝げた、大きな円柱《まるばしら》に、蟋蟀《きりぎりす》[4]が一匹とまっている。羅生門が、朱雀大路《すざくおおじ》[5]にある以上は、この男のほかにも、雨やみをする市女《いちめ》笠《がさ》[6]や揉烏《もみえ》帽《ぼ》子《し》[7]が、もう二、三人はありそうなものである。それが、この男のほかには誰もいない。

なぜかというと、この二、三年、京都には、地震とか辻風《つじかぜ》[8]とか火事とか飢饉《ききん》とかいう災いがつづいて起こった。そこで洛中《らくちゅう》[9]のさびれ方は一通りではない。旧記[10]によると、

1 **下人** 身分の低い者。 2 **羅生門** 平安京の正門で、朱雀大路の南端にあった楼門。正しくは羅城門。 3 **丹塗り** 赤色または朱色で塗ること。 4 **蟋蟀** コオロギ。 5 **朱雀大路** 平安京の中央を南北に貫通する大路。 6 **市女笠** 中央が高く縁が広い菅笠《すげがさ》。もともと市女（市でものを売る女）が用いた。 7 **揉烏帽子** 柔らかく作った烏帽子。 8 **辻風** つむじ風。 9 **洛中** 京の町の中。都の中。 10 **旧記** 古い記録。鴨長明の『方丈記』に、同内容のことが書かれている。

市女笠

揉烏帽子

仏像や仏具を打ち砕いて、その丹がついたり、金銀の箔《はく》がついたりした木を、道ばたにつみ重ねて、薪の料《しろ》に売っていたということである。洛中がその始末であるから、羅生門の修理などは、もとより誰も捨てて顧みる者がなかった。するとその荒れ果てたのをよいことにして、狐狸《こり》が棲《す》む。盗人《ぬすびと》が棲む。とうとうしまいには、引き取り手のない死人を、この門へ持ってきて、棄《す》てていくという習慣さえできた。そこで、日の目が見えなくなると、誰でも気味を悪がって、この門の近所へは足ぶみをしないことになってしまったのである。

その代わりまた鴉《からす》がどこからか、たくさん集まってきた。昼間見ると、その鴉が、何羽となく輪を描いて、高い鵄尾《しび》[11]のまわりを啼《な》きながら、飛びまわっている。ことに門の上の空が、夕焼けであかくなる時には、それが胡麻《ごま》をまいたように、はっきり見えた。鴉は、もちろん、門の上にある死人の肉を、啄《ついば》みにくるのである。――もっとも今日は、刻限が遅いせいか、一羽も見えない。ただ、所々、崩れかかった、そうしてその崩れ目に長い草のはえた石段の上に、鴉の糞《くそ》が、点々と白くこびりついているのが見える。下人は七段ある石段のいちばん上の段に、洗いざらした紺の襖《あお》[12]の尻を据えて、右の頬にできた、大きなにきびを気にしながら、ぼんやり、雨のふるのを眺めていた。

作者はさっき、「下人が雨やみを待っていた。」と書いた。しかし、下人は雨がやんでも、格別どうしようという当てはない。ふだんなら、もちろん、主人の家へ帰るべきはずである。ところがその主人からは、四、五日前に暇を出された。前にも書いたように、当時京都の町は一通りならず衰微していた。今この下人が、永年、使われていた主人から、暇を出されたのも、実はこの衰微の小さな余波にほかならない。だから「下人が雨やみを待っていた。」と言うよりも、「雨にふりこめられた下人が、行き所がなくて、途方にくれていた。」と言うほうが、適当である。その上、今日の空模様も少なからず、この平安朝の下人の[13]Sentimentalisme《サンチマンタリスム》に影響した。[14]申《さる》の刻下がりからふり出した雨は、いまだに上がる気色《けしき》がない。そこで、下人は、何を措《お》いても差し当たり明日の暮らしをどうにかしようとして——いわばどうにもならないことを、どうにかしようとして、とりとめもない考えをたどりながら、さっきから朱雀大路にふ

11 鴟尾　宮殿などの棟の両端に取り付ける鳥または魚の尾の形をした飾り。　12 襖　「狩《かり》衣《ぎぬ》」と同じ。もともとは公家《くげ》の平服だが、庶民も普段着に着るようになった。　13 Sentimentalisme　感傷的な気分。フランス語。　14 申の刻下がり　午後四時過ぎ。

鴟尾

る雨の音を、聞くともなく聞いていたのである。

雨は、羅生門をつつんで、遠くから、ざあっという音をあつめてくる。夕闇はしだいに空を低くして、見上げると、門の屋根が、斜めにつき出した甍《いらか》[15]の先に、重たくうす暗い雲を支えている。

どうにもならないことを、どうにかするためには、手段を選んでいるいとまはない。選んでいれば、築土《ついじ》[16]の下か、道ばたの土の上で、飢え死にをするばかりである。そうして、この門の上へ持ってきて、犬のように棄てられてしまうばかりである。選ばないとすれば――下人の考えは、何度も同じ道を低徊《ていかい》[17]したあげくに、やっとこの局所へ逢着《ほうちゃく》した。しかしこの「すれば」は、いつまでたっても、結局「すれば」であった。下人は、手段を選ばないということを肯定しながらも、この「すれば」のかたをつけるために、当然、その後に来《きた》るべき「盗人になるよりほかに仕方がない。」ということを、積極的に肯定するだけの、勇気が出ずにいたのである。

下人は、大きなくさめ[18]をして、それから、大儀そうに立ち上がった。夕冷えのする京都は、もう火《ひ》桶《おけ》[19]が欲しいほどの寒さである。風は門の柱と柱との間を、夕闇とともに遠慮なく、吹きぬける。丹塗りの柱にとまっていた蟋蟀も、もうどこかへ行ってしまった。

下人は、首をちぢめながら、[20]山吹《やまぶき》の汗衫《かざみ》に重ねた、紺の襖の肩を高くして、門のまわりを見まわした。雨風の憂えのない、人目にかかるおそれのない、一晩楽にねられそうな所があれば、そこでともかくも、夜を明かそうと思ったからである。すると、幸い門の上の楼へ上る、幅の広い、これも丹を塗った梯子《はしご》が目についた。上なら、人がいたにしても、どうせ死人ばかりである。下人はそこで、腰にさげた[21]聖柄《ひじりづか》の太刀が[22]鞘走《さやばし》らないように気をつけながら、わら草履をはいた足を、その梯子のいちばん下の段へふみかけた。

それから、何分かの後である。羅生門の楼の上へ出る、幅の広い梯子の中段に、一人の男が、猫のように身をちぢめて、息を殺しながら、上の様子をうかがっていた。楼の上からさす火の光が、かすかに、その男の右の頬をぬらしている。短いひげの中

15 甍　瓦ぶきの屋根。16 築土　土塀。17 低徊　思いにふけりながら、行ったり来たりして歩き回ること。18 くさめ　くしゃみ。19 火桶　木をくり抜いて作った丸火鉢。20 山吹の汗衫　山吹色（黄色）の下着。21 聖柄の太刀　皮などを付けない、木地《きじ》のままの柄の刀。22 鞘走らないように　刀身が鞘から自然に抜け出ないように。

築土

に、赤くうみを持ったにきびのある頰である。下人は、始めから、この上にいる者は、死人ばかりだと高をくくっていた。それが、梯子を二、三段上ってみると、上では誰か火をとぼして、しかもその火をそこここと、動かしているらしい。これは、その濁った、黄いろい光が、隅々に蜘蛛《くも》の巣をかけた天井裏に、揺れながら映ったので、すぐにそれと知れたのである。この雨の夜に、この羅生門の上で、火をともしているからは、どうせただの者ではない。

下人は、やもり[23]のように足音をぬすんで、やっと急な梯子を、いちばん上の段まで這《は》うようにして上りつめた。そうして体をできるだけ、平らにしながら、首をできるだけ、前へ出して、恐る恐る、楼の内をのぞいてみた。

見ると、楼の内には、うわさに聞いたとおり、幾つかの屍骸《しがい》が、無造作に棄ててあるが、火の光の及ぶ範囲が、思ったより狭いので、数は幾つともわからない。ただ、おぼろげながら、知れるのは、その中に裸の屍骸と、着物を着た屍骸とがあるということである。もちろん、中には女も男もまじっているらしい。そうして、その屍骸は皆、それが、かつて、生きていた人間だという事実さえ疑われるほど、土をこねて造った人形のように、口を開いたり手を伸ばしたりして、ごろごろ床の上にころがっていた。しかも、肩とか胸とかの高くなっている部分に、ぼんやりした火の光をうけて、低くなっている部分の影をいっそう暗くしながら、永久におしのごとく黙っていた。

下人は、それらの屍骸の腐乱した臭気に思わず、鼻をおおった。しかし、その手は、次の瞬間には、もう鼻をおおうことを忘れていた。ある強い感情が、ほとんどことごとくこの男の嗅覚を奪ってしまったからである。

下人の目は、その時、はじめて、その屍骸の中にうずくまっている人間を見た。[24]檜《ひ》皮色《わだいろ》の着物を着た、背の低い、痩せた、白髪頭の、猿のような老婆である。その老婆は、右の手に火をともした松の木片《きぎれ》を持って、その屍骸の一つの顔をのぞきこむように眺めていた。髪の毛の長いところを見ると、たぶん女の屍骸であろう。

下人は、六分の恐怖と四分の好奇心とに動かされて、暫時は呼吸《いき》をするのさえ忘れていた。旧記の記者の語を借りれば、「頭身の毛も太る」[25]ように感じたのである。すると、老婆は、松の木片を、床板の間に挿して、それから、今まで眺めていた屍骸の

23 **やもり**　ヤモリ科の爬虫類《はちゆうるい》。体長約一二センチメートル、体色は灰褐色。夜間、家の壁などにはりついて活動する。　24 **檜皮色**　ヒノキの樹皮のような赤黒い色。　25 **頭身の毛も太る**　異常な恐ろしさの形容。『今昔《こんじやく》物語集』巻二十七、第十三に「頭《かしら》・身《み》の毛太る様に思えければ」とある。

首に両手をかけると、ちょうど、猿の親が猿の子のしらみをとるように、その長い髪の毛を一本ずつ抜きはじめた。髪は手に従って抜けるらしい。

その髪の毛が、一本ずつ抜けるのに従って、下人の心からは、恐怖が少しずつ消えていった。そうして、それと同時に、この老婆に対するはげしい憎悪が、少しずつ動いてきた。――いや、この老婆に対すると言っては、語弊があるかもしれない。むしろ、あらゆる悪に対する反感が、一分ごとに強さを増してきたのである。この時、誰かがこの下人に、さっき門の下でこの男が考えていた、飢え死にをするか盗人になるかという問題を、改めて持ち出したら、恐らく下人は、なんの未練もなく、飢え死にを選んだことであろう。それほど、この男の悪を憎む心は、老婆の床に挿した松の木片のように、勢いよく燃え上がり出していたのである。

下人には、もちろん、なぜ老婆が死人の髪の毛を抜くかわからなかった。したがって、合理的には、それを善悪のいずれに片づけてよいか知らなかった。しかし下人にとっては、この雨の夜に、この羅生門の上で、死人の髪の毛を抜くということが、それだけで既に許すべからざる悪であった。もちろん、下人は、さっきまで、自分が、盗人になる気でいたことなぞは、とうに忘れているのである。

そこで、下人は、両足に力を入れて、いきなり、梯子から上へ飛び上がった。そうして聖柄の太刀に手をかけながら、大股に老婆の前へ歩みよった。老婆が驚いたのは言うまでもない。

老婆は、一目下人を見ると、まるで弩《26いしゆみ》にでもはじかれたように、飛び上がった。

「おのれ、どこへ行く。」

下人は、老婆が屍骸につまずきながら、慌てふためいて逃げようとする行く手を塞いで、こう罵った。老婆は、それでも下人をつきのけて行こうとする。下人はまた、それを行かすまいとして、押しもどす。二人は屍骸の中で、しばらく、無言のまま、つかみ合った。しかし勝敗は、はじめから、わかっている。下人はとうとう、老婆の腕をつかんで、無理にそこへねじ倒した。ちょうど、鶏《とり》の脚のような、骨と皮ばかりの腕である。

「何をしていた。言え。言わぬと、これだぞよ。」

下人は、老婆をつき放すと、いきなり、太刀の鞘を払って、白い鋼の色を、その目

26　弩　石をはじきとばす仕掛けの武器。

の前へつきつけた。けれども、老婆は黙っている。両手をわなわなふるわせて、肩で息を切りながら、目を、眼球がまぶたの外へ出そうになるほど、見開いて、おしのように[27]執拗《しゅうね》く黙っている。これを見ると、下人は初めて明白に、この老婆の生死が、全然、自分の意志に支配されているということを意識した。そうしてこの意識は、今までけわしく燃えていた憎悪の心を、いつの間にか冷ましてしまった。後に残ったのは、ただ、ある仕事をして、それが円満に成就した時の、安らかな得意と満足とがあるばかりである。そこで、下人は、老婆を見下ろしながら、少し声をやわらげてこう言った。

「おれは[28]検非違使《けびいし》の庁の役人などではない。今し方この門の下を通りかかった旅の者だ。だからおまえに縄をかけて、どうしようというようなことはない。ただ、今時分、この門の上で、何をしていたのだか、それをおれに話しさえすればいいのだ。」

すると、老婆は、見開いていた目を、いっそう大きくして、じっとその下人の顔を見守った。まぶたの赤くなった、肉食鳥のような、鋭い目で見たのである。それから、しわで、ほとんど、鼻と一つになった唇を、何か物でも噛《か》んでいるように、動かした。細い喉で、とがった喉仏の動いているのが見える。その時、その喉から、鴉の啼くような声が、あえぎあえぎ、下人の耳へ伝わってきた。

「この髪を抜いてな、この髪を抜いてな、かつらにしようと思うたのじゃ。」

　下人は、老婆の答えが存外、平凡なのに失望した。そうして失望すると同時に、また前の憎悪が、冷ややかな侮蔑といっしょに、心の中へはいってきた。すると、その気色が、先方へも通じたのであろう。老婆は、片手に、まだ屍骸の頭から奪《と》った長い抜け毛を持ったなり、蟇《ひき》[29]のつぶやくような声で、口ごもりながら、こんなことを言った。

「なるほどな、死人《しびと》の髪の毛を抜くということは、なんぼう悪いことかもしれぬ。じゃが、ここにいる死人どもは、皆、そのくらいなことを、されてもいい人間ばかりだぞよ。現に、わしが今、髪を抜いた女などはな、蛇を四寸[30]ばかりずつに切って干したのを、干し魚だと言うて、太刀帯《たてわき》[31]の陣へ売りに往《い》んだわ。疫病《えやみ》[32]にかかって死なんだ

27 **執拗く**　しぶとく。じいっと。28 **検非違使の庁**　平安時代、京の警察権・裁判権をつかさどった役所。29 **蟇**　ヒキガエル。30 **寸**　長さの単位。一寸は、約三・〇三センチメートル。31 **太刀帯の陣**　平安時代、東宮坊（皇太子に奉仕してその事務を執る役所）で警護に当たった役人を「太刀帯」といい、その詰め所を「太刀帯の陣」といった。32 **疫病**　流行病。

ら、今でも売りに往んでいたことであろ。それもよ、この女の売る干し魚は、味がよいと言うて、太刀帯どもが、欠かさず菜料[33]に買っていたそうな。わしは、この女のしたことが悪いとは思うていぬ。せねば、饑え死にをするのじゃて、仕方がなくしたことであろ。されば、今また、わしのしていたことも悪いこととは思わぬぞよ。これとてもやはりせねば、饑え死にをするじゃて、仕方がなくすることじゃわいの。じゃて、その仕方がないことを、よく知っていたこの女は、おおかたわしのすることも大目に見てくれるであろ。」

老婆は、大体こんな意味のことを言った。

下人は、太刀を鞘におさめて、その太刀の柄《つか》を左の手でおさえながら、冷然として、この話を聞いていた。もちろん、右の手では、赤く頬にうみを持った大きなにきびを気にしながら、聞いているのである。しかし、これを聞いているうちに、下人の心には、ある勇気が生まれてきた。それは、さっき門の下で、この男には欠けていた勇気である。そうして、またさっきこの門の上へ上がって、この老婆を捕らえた時の勇気とは、全然、反対な方向に動こうとする勇気である。下人は、饑え死にをするか盗人になるかに、迷わなかったばかりではない。その時の、この男の心もちから言えば、飢え死になどということは、ほとんど、考えることさえできないほど、意識の外に追い出されていた。

「きっと、そうか。」

老婆の話が終わると、下人は嘲るような声で念を押した。そうして、一足前へ出ると、不意に右の手をにきびから離して、老婆の襟上《34えりがみ》をつかみながら、嚙みつくようにこう言った。

「では、おれが引剝《35ひはぎ》をしようと恨むまいな。おれもそうしなければ、飢え死にをする体なのだ。」

下人は、すばやく、老婆の着物を剝ぎとった。それから、足にしがみつこうとする老婆を、手荒く屍骸の上へ蹴倒した。梯子の口までは、僅かに五歩を数えるばかりである。下人は、剝ぎとった檜皮色の着物をわきにかかえて、またたく間に急な梯子を夜の底へかけ下りた。

しばらく、死んだように倒れていた老婆が、屍骸の中から、その裸の体を起こした

33 菜料　おかず、の意。　34 襟上　襟もと。　35 引剝　引き剝ぎ。追い剝ぎ。

のは、それから間もなくのことである。老婆は、つぶやくような、うめくような声を立てながら、まだ燃えている火の光をたよりに、梯子の口まで、這っていった。そうして、そこから、短い白髪をさかさまにして、門の下をのぞきこんだ。外には、ただ、黒洞々《こくとうとう》[36]たる夜があるばかりである。

下人の行方は、誰も知らない。

36 黒洞々たる夜 奥深い暗黒の夜。

蜜柑_{みかん}

発表――一九一九（大正八）年
高校国語教科書初出――一九八五（昭和六〇）年
筑摩書房『高等学校用国語1　改訂版』

ある曇った冬の日暮れである。私は横須賀《よこすか》[1]発上り二等客車[2]の隅に腰を下ろして、ぼんやり発車の笛を待っていた。とうに電灯のついた客車の中には、珍しく私のほかに一人も乗客はいなかった。外をのぞくと、うす暗いプラットフォームにも、今日は珍しく見送りの人影さえ跡を絶って、ただ、檻《おり》に入れられた小犬が一匹、時々悲しそうに、ほえ立てていた。これらはその時の私の心もちと、不思議なくらい似つかわしい景色だった。私の頭の中には言いようのない疲労と倦怠《けんたい》とが、まるで雪曇りの空のようなどんよりした影を落としていた。私は外套《がいとう》のポケットへじっと両手をつっこんだまま、そこにはいっている夕刊を出して見ようという元気さえ起こらなかった。

が、やがて発車の笛が鳴った。私はかすかな心のくつろぎを感じながら、後ろの窓

1 **横須賀**　神奈川県の東南部にある都市。東京からの国有鉄道（現在のＪＲ）横須賀線が通っていた。　2 **二等客車**　この時代の客車は一等から三等までの種別があって、二等客車は中級、三等客車は下級。乗車券の色も一等が白、二等は青、三等が赤であった。

枠へ頭をもたせて、目の前の停車場がずるずると後ずさりを始めるのを待つともなく待ちかまえていた。ところがそれよりも先にけたたましい日和下駄《ひよりげた》[3]の音が、改札口の方から聞こえ出したと思うと、間もなく車掌の何か言いののしる声とともに、私の乗っている二等室の戸ががらりと開いて、十三、四の小娘が一人、慌ただしく中へはいって来た、と同時に一つずしりと揺れて、おもむろに汽車は動き出した。一本ずつ目をくぎって行くプラットフォームの柱、置き忘れたような運水車、それから車内の誰かに祝儀の礼を言っている赤帽[4]——そういうすべては、窓へ吹きつける煤煙《ばいえん》の中に、未練がましく後ろへ倒れて行った。私はようやくほっとした心もちになって、巻煙草《まきたばこ》に火をつけながら、始めてものういまぶたをあげて、前の席に腰を下ろしていた小娘の顔を一瞥《いちべつ》した。

それは油気のない髪をひっつめの銀杏返《いちょうがえ》[5]しに結って、横なでのあとのあるひびだらけの両頰を気持ちの悪いほど赤く火照らせた、いかにも田舎者らしい娘だった。しかも垢《あか》じみた萌黄《もえぎ》[6]色の毛糸の襟巻きがだらりと垂れ下がった膝の上には、大きな風呂敷包みがあった。そのまた包みを抱いた霜焼けの手の中には、三等の赤切符が大事そうにしっかり握られていた。私はこの小娘の下品な顔だちを好まなかった。それから彼女の服装が不潔なのもやはり不快だった。最後にその二等と三等との区別さえもわきまえない愚鈍な心が腹立たしかった。だから巻煙草に火をつけた私は、一つにはこの小娘の存在を忘れたいという心もちもあって、今度はポッケットの夕刊を漫然と膝の上にひろげて見た。するとその時夕刊の紙面に落ちていた外光が、突然電灯の光に変わって、刷りの悪い何欄かの活字が意外なくらい鮮やかに私の目の前へ浮かんできた。いうまでもなく汽車は今、横須賀線に多いトンネルの最初のそれへはいったのである。しかしその電灯の光に照らされた夕刊の紙面を見渡しても、やはり私の憂鬱を慰むべく、世間は余りに平凡な出来事ばかりで持ち切っていた。[7]講和問題、新婦新郎、[8]瀆《とく》職《しょく》事件、死亡広告——私はトンネルへはいった一瞬間、汽車の走っている方向が逆になったような錯覚を感じながら、それらの索漠とした記事から記事へほとんど機械的に目を通した。が、その間ももちろんあの小娘が、あたかも卑俗な現実を人間にし

3 **日和下駄**　晴天の時に履く、歯の低い下駄。4 **赤帽**　駅で、乗降客の手荷物を運ぶ業者。赤い帽子をかぶるため、こう呼ぶ。5 **銀杏返し**　頭の上に束ねた髪を二つに分け、左右に半円形に曲げて結う髪型。6 **萌黄色**　黄色がかった緑。萌え出たばかりの葱《ねぎ》の色。7 **講和問題**　一九一八年一一月に休戦した第一次世界大戦の講和問題。8 **瀆職事件**　汚職事件。

銀杏返し

たような面持ちで、私の前に座っていることを絶えず意識せずにはいられなかった。このトンネルの中の汽車と、この田舎者の小娘と、そうしてまたこの平凡な記事に埋《うず》まっている夕刊と、——これが象徴でなくて何であろう。不可解な、下等な、退屈な人生の象徴でなくて何であろう。私は一切がくだらなくなって、読みかけた夕刊をほうり出すと、また窓枠に頭をもたせながら、死んだように目をつぶって、うつらうつらし始めた。

それから幾分か過ぎた後であった。ふと何かに脅かされたような心もちがして、思わずあたりを見まわすと、いつの間にか例の小娘が、向こう側から席を私の隣へ移して、しきりに窓を開けようとしている。が、重いガラス戸はなかなか思うようにあがらないらしい。あのひびだらけの頬はいよいよ赤くなって、時々鼻洟《はな》をすすりこむ音が、小さな息の切れる声といっしょに、せわしなく耳へはいって来る。これはもちろん私にも、幾分ながら同情をひくに足るものには相違なかった。しかし汽車が今まさにトンネルの口へさしかかろうとしている事は、暮色の中に枯れ草ばかり明るい両側の山腹が、間近く窓側に迫ってきたのでも、すぐに合点《がてん》の行くことであった。にもかかわらずこの小娘は、わざわざしめてある窓の戸を下ろそうとする、——その理由が私には飲みこめなかった。いや、それが私には、単にこの小娘の気まぐれだとしか考えられなかった。だから私は腹の底に依然として険しい感情を蓄えながら、あの霜焼けの手がガラス戸をもたげようとして悪戦苦闘する様子を、まるでそれが永久に成功しないことでも祈るような冷酷な目で眺めていた。すると間もなくすさまじい音をはためかせて、汽車がトンネルへなだれこむと同時に、小娘の開けようとしたガラス戸は、とうとうばたりと下へ落ちた。そうしてその四角な穴の中から、煤《すす》を溶かしたようなどす黒い空気が、にわかに息苦しい煙になって、もうもうと車内へみなぎり出した。元来咽喉《のど》を害していた私は、ハンケチを顔に当てる暇さえなく、この煙を満面に浴びせられたおかげで、ほとんど息もつけないほど咳《せ》きこまなければならなかった。が、小娘は私に頓着する気色も見えず、窓から外へ首をのばして、闇を吹く風に銀杏返しの鬢《びん》の毛をそよがせながら、じっと汽車の進む方向を見やっている。その姿を煤煙と電灯の光との中に眺めた時、もう窓の外が見る見る明るくなって、そこから土の匂いや枯れ草の匂いや水の匂いが冷ややかに流れこんでこなかったなら、ようやく咳

9　鬢の毛　耳ぎわの髪の毛。

きやんだ私は、この見知らない小娘を頭ごなしに叱りつけてでも、また元の通り窓の戸をしめさせたのに相違なかったのである。

しかし汽車はその時分には、もうやすやすとトンネルをすべりぬけて、枯れ草の山と山との間に挟まれた、ある貧しい町はずれの踏切りに通りかかっていた。踏切りの近くには、いずれも見すぼらしい藁《わら》屋根や瓦屋根がごみごみと狭苦しく建てこんで、踏切り番が振るのであろう、ただ一旒《いちりゅう》[10]のうす白い旗がものうげに暮色を揺すっていた。やっとトンネルを出たと思う——その時その蕭索《しょうさく》[11]とした踏切りの柵の向こうに、私は頬の赤い三人の男の子が、めじろ押しに並んで立っているのを見た。彼らは皆、この曇天に押しすくめられたかと思うほど、そろって背が低かった。そうしてこの町はずれの陰惨たる風物と同じような色の着物を着ていた。それが汽車の通るのを仰ぎ見ながら、一斉に手を挙げるが早いか、いたいけな喉を高く反らせて、何とも意味の分からない喊声《かんせい》を一生懸命にほとばしらせた。するとその瞬間である。窓から半身を乗り出していた例の娘が、あの霜焼けの手をつとのばして、勢いよく左右に振ったと思うと、たちまち心を躍らすばかり暖かな日の色に染まっている蜜柑がおよそ五つ六つ、汽車を見送った子供たちの上へばらばらと空から降って来た。私は思わず息を飲んだ。

そうして刹那に一切を了解した。小娘は、恐らくはこれから奉公先へ赴こうとしている小娘は、その懐に蔵していた幾顆《いくか》の蜜柑を窓から投げて、わざわざ踏切りまで見送りに来た弟たちの労に報いたのである。

暮色を帯びた町はずれの踏切りと、小鳥のように声を挙げた三人の子供たちと、そうしてその上に乱落する鮮やかな蜜柑の色と——すべては汽車の窓の外に、瞬く暇もなく通り過ぎた。が、私の心の上には、切ないほどはっきりと、この光景が焼きつけられた。そうしてそこから、ある得体の知れない朗らかな心もちが湧き上がってくるのを意識した。私は昂然《こうぜん》と頭を挙げて、まるで別人を見るようにあの小娘を注視した。小娘はいつかもう私の前の席に返って、あいかわらずひびだらけの頬を萌黄色の毛糸の襟巻きに埋めながら、大きな風呂敷包みを抱えた手に、しっかりと三等切符を握っている。

……………………

私はこの時初めて、言いようのない疲労と倦怠とを、そうしてまた不可解な、下等な、退屈な人生をわずかに忘れることができたのである。

10 一旒　旗一本のこと。　11 蕭索　ものさびしいこと。

鼻《はな》

発表——一九一六（大正五）年
高校国語教科書初出——一九五〇（昭和二五）年
成城国文学会『現代国語　二下』

禅智《ぜんち》[1]内供《ないぐ》の鼻といえば、[2]池の尾で知らない者はない。長さは五六[3]寸あって上唇の上からあごの下まで下がっている。形は元も先も同じように太い。いわば細長い[4]腸詰めのような物が、ぶらりと顔のまん中からぶら下がっているのである。

五十歳を越えた内供は、[5]沙弥《しゃみ》の昔から、[6]内道場供奉《ないどうじょうぐぶ》の職にのぼった今日《こんにち》まで、内心では始終この鼻を苦に病んで来た。もちろん表面では、今でもさほど気にならないような顔をしてすましている。これは[7]専念に[8]当来の[9]浄土を[10]渇仰すべき僧侶《そうりょ》の身で、鼻の心配をするのが悪いと思ったからばかりではない。それよりむしろ、自分で鼻を気にしているということを、人に知られるのが嫌だったからである。内供は日常の談話の中

1 **内供** 「内供奉僧」の略。宮中の内道場に奉仕させ、天皇の健康などを祈る読経などをした十人の高徳の僧。
2 **池の尾** 京都府宇治市東部。 3 **寸** 一寸は約三・〇三センチメートル。 4 **腸詰め** ソーセージ。 5 **沙弥** 出家したばかりで、修行の未熟な僧。 6 **内道場供奉** 「内道場」は宮中で僧を召して仏道を修行したところ。「供奉」は「内供奉僧」の略。 7 **専念** ひたすら。 8 **当来** 未来、来世。 9 **浄土** 極楽浄土。阿弥陀仏がいる一切の苦悩のない世界。 10 **渇仰** ひたすら信仰すること。

に、鼻という語が出て来るのを何よりもおそれていた。

内供が鼻を持てあました理由は二つある。――一つは実際的に、鼻の長いのが不便だったからである。第一飯を食うときにも独りでは食えない。独りで食えば、鼻の先が鋺《かなまり》[11]の中の飯へとどいてしまう。そこで内供は弟子の一人を膳の向こうへ座らせて、飯を食う間じゅう、広さ一寸長さ二尺[12]ばかりの板で、鼻を持ち上げていてもらうことにした。しかしこうして飯を食うということは、持ち上げている弟子にとっても、持ち上げられている内供にとっても、決して容易なことではない。一度この弟子の代わりをした中童子《ちゅうどうじ》[13]が、くさめをした拍子に手がふるえて、鼻を粥《かゆ》の中へ落とした話は、当時京都まで喧伝《けんでん》[14]された。――けれどもこれは内供にとって、決して鼻を苦に病んだおもな理由ではない。内供は実にこの鼻によって傷つけられる自尊心のために苦しんだのである。

池の尾の町の者は、こういう鼻をしている禅智内供のために、内供の俗[15]でないことをしあわせだと言った。あの鼻では誰も妻になる女があるまいと思ったからである。中にはまた、あの鼻だから出家したのだろうと批評する者さえあった。しかし内供は、自分が僧であるために、幾分でもこの鼻に煩わされることが少なくなったと思っていない。内供の自尊心は、妻帯というような結果的な事実に左右されるためには、あまりにデリケイトに出来ていたのである。そこで内供は、積極的にも消極的にも、この自尊心の毀損《きそん》を回復しようと試みた。

第一に内供の考えたのは、この長い鼻を実際以上に短く見せる方法である。これは人のいないときに、鏡へ向かって、いろいろな角度から顔を映しながら、熱心に工夫を凝らして見た。どうかすると、顔の位置を換えるだけでは、安心ができなくなって、頬杖《ほおづえ》をついたりあごの先へ指をあてがったりして、根気よく鏡をのぞいて見ることもあった。しかし自分でも満足するほど、鼻が短く見えたことは、これまでにただの一度もない。時によると、苦心すればするほど、かえって長く見えるような気さえした。内供は、こういうときには、鏡を箱へしまいながら、いまさらのようにため息をついて、不承不承にまた元の経机[16]へ、観音経《かんのんきよう》をよみに帰るのである。

11 鋺　金属製のおわん。12 尺　一尺は三〇・三センチメートル。13 中童子　「童子」は寺の行事や雑事を手伝う少年。年齢によって大、中、小に分けられていた。14 喧伝　うるさく言いふらすこと。盛んに言いたてたり、はやしたりして世間に広く知らせること。15 俗　一般人。16 経机　経典をしまったり、写経をしたり、経を読んだりするときに使う机。

それからまた内供は、絶えず人の鼻を気にしていた。池の尾の寺は、僧供講説《そうぐこうせつ》[17]などのしばしば行われる寺である。寺の内には、僧坊[18]が隙《すき》なく建て続いて、湯屋では寺の僧が日ごとに湯を沸かしている。したがってここへ出入りする僧俗の類いもはなはだ多い。内供はこういう人々の顔を根気よく物色した。一人でも自分のような鼻のある人間を見つけて、安心がしたかったからである。だから内供の目には、紺の水干《すいかん》[19]も白の帷子《かたびら》[20]もはいらない。まして柑子《こうじ》[21]色《いろ》の帽子や、椎鈍《しいにび》[22]の法衣《ころも》なぞは、見慣れているだけに、有れども無きがごとくである。内供は人を見ずに、ただ、鼻を見た。――しかし鍵鼻《かぎばな》はあっても、内供のような鼻は一つも見当たらない。その見当たらないことが度重なるに従って、内供の心は次第にまた不快になった。内供が人と話しながら、思わずぶらりと下がっている鼻の先をつまんで見て、年がいもなく顔を赤らめたのは、全くこの不快に動かされての所為である。

最後に、内供は、内典外典《ないてんげてん》[23]の中に、自分と同じような鼻のある人物を見出《いだ》して、せめても幾分の心やりにしようとさえ思ったことがある。けれども、目連《もくれん》[24]や、舎利弗《しゃりほつ》[25]の鼻が長かったとは、どの経文にも書いてない。もちろん竜樹《りゅうじゅ》[26]や馬鳴《めみょう》[27]も、人並の鼻を備えた菩薩《ぼさつ》[28]である。内供は、震旦《しんたん》[29]の話のついでに蜀漢《しょくかん》[30]の劉玄徳《りゅうげんとく》[31]の耳が長かったということを聞いたときに、それが鼻だったら、どのくらい自分は心細くなくなるだろうと思った。

内供がこういう消極的な苦心をしながらも、一方ではまた、積極的に鼻の短くなる方法を試みたことは、わざわざここにいうまでもない。内供はこの方面でもほとんどできるだけのことをした。烏瓜《からすうり》を煎じて飲んで見たこともある。鼠《ねずみ》の尿《いばり》を鼻へなすって見たこともある。しかし何をどうしても、鼻は依然として、五六寸の長さをぶらりと唇の上にぶら下げているではないか。

ところがある年の秋、内供の用を兼ねて、京へ上った弟子の僧が、知己《しるべ》の医者から長い鼻を短くする法を教わってきた。その医者というのは、もと震旦から渡ってきた男で、当時は長楽寺[32]の供僧[33]になっていたのである。

---

17 **僧供講説**　「僧供」は僧侶をもてなす会合のこと、「講説」は教義を講義すること。 18 **僧坊**　僧侶の住居。 19 **水干**　下級官僚や民間人の常用服。 20 **帷子**　絹や麻の布で仕立てた、裏地のない夏の衣服。 21 **柑子色の帽子**　僧侶の帽子。柑子色はみかん色。 22 **椎鈍の法衣**　椎の樹皮で染めた薄墨色の衣。僧侶の衣服。 23 **内典外典**　仏教の経典と、それ以外の書物。 24 **目連**　釈迦の高弟の一人。 25 **舎利弗**　釈迦の高弟の一人。 26 **竜樹**　二―三世紀頃の南インドの僧。 27 **馬鳴**　二世紀頃のインドの仏教詩人。 28 **菩薩**　悟りを求めて修行をしている人。 29 **震旦**　中国。 30 **蜀漢**　古代中国の三国時代の国名の一つ。蜀ともいう。 31 **劉玄徳**　蜀漢の初代皇帝。一六〇―二二三年。 32 **長楽寺**　現在の京都市東山区円山公園内にある寺。 33 **供僧**　本尊の供養、読経などに奉仕する僧。

内供は、いつものように、鼻などは気にかけないという風をして、わざとその法もすぐにやって見ようとは言わずにいた。そうして一方では、気軽な口調で、食事の度ごとに、弟子の手数をかけるのが、心苦しいというようなことを言った。内心ではもちろん弟子の僧が、自分を説き伏せて、この法を試みさせるのを待っていたのである。弟子の僧にも、内供のこの策略がわからないはずはない。しかしそれに対する反感よりは、内供のそういう策略をとる心もちの方が、より強くこの弟子の僧の同情を動かしたのであろう。弟子の僧は、内供の予期通り、口を極めて、この法を試みることを勧め出した。そうして、内供自身もまた、その予期通り、結局この熱心な勧告に聴従することになった。

その法というのは、ただ、湯で鼻をゆでて、その鼻を人に踏ませるという、極めて簡単なものであった。

湯は寺の湯屋で、毎日沸かしている。そこで弟子の僧は、指も入れられないような熱い湯を、すぐに提[34]《ひさげ》に入れて、湯屋からくんできた。しかしじかにこの提へ鼻を入れるとなると、湯気に吹かれて顔を火傷《やけど》するおそれがある。そこで折敷[35]《おしき》へ穴をあけて、それを提の蓋にして、その穴から鼻を湯の中へ入れることにした。鼻だけはこの熱い湯の中へ浸しても、少しも熱くないのである。しばらくすると弟子の僧が言った。

——もうゆだった時分でござろう。

内供は苦笑した。これだけ聞いたのでは、誰も鼻の話とは気がつかないだろうと思ったからである。鼻は熱湯に蒸されて、蚤《のみ》の食ったようにむずがゆい。

弟子の僧は、内供が折敷の穴から鼻をぬくと、そのまだ湯気の立っている鼻を、両足に力を入れながら、踏みはじめた。内供は横になって、鼻を床板の上へのばしながら、弟子の僧の足が上下《うえした》に動くのを目の前に見ているのである。弟子の僧は、時々気の毒そうな顔をして、内供の禿《は》げ頭を見下ろしながら、こんなことを言った。

——痛《いと》うはござらぬかな。医師は責めて踏めと申したで。じゃが、痛うはござらぬかな。

内供は首を振って、痛くないという意味を示そうとした。ところが鼻を踏まれているので思うように首が動かない。そこで、上目を使って、弟子の僧の足にあかぎれのきれているのを眺めながら、腹を立てたような声で、

34 **提**　金属製の小さな鍋の形をした道具。　35 **折敷**　縁のついた盆。

提

折敷
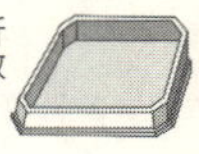

――痛うはないて。

と答えた。実際鼻はむずがゆい所を踏まれるので、痛いよりもかえって気もちのいいくらいだったのである。

しばらく踏んでいると、やがて、粟粒《あわつぶ》のようなものが、鼻へできはじめた。いわば毛をむしった小鳥をそっくり丸焼きにしたような形である。弟子の僧はこれを見ると、足を止めて独り言のようにこう言った。

これを鑷子《けぬき》[36]でぬけと申すことでござった。

内供は、不足らしく頬をふくらせて、黙って弟子の僧のするなりに任せておいた。もちろん弟子の僧の親切がわからない訳ではない。それはわかっても、自分の鼻をまるで物品のように取り扱うのが、不愉快に思われたからである。内供は、信用しない医者の手術をうける患者のような顔をして、不承不承に弟子の僧が、鼻の毛穴から鑷子で脂をとるのを眺めていた。脂は、鳥の羽の茎のような形をして、四分[37]ばかりの長さにぬけるのである。

やがてこれが一通りすむと、弟子の僧は、ほっと一息ついたような顔をして、

――もう一度、これをゆでればようござる。

と言った。

内供はやはり、八の字をよせたまま不服らしい顔をして、弟子の僧のいうなりになっていた。

さて二度目にゆでた鼻を出して見ると、なるほど、いつになく短くなっている。これではあたりまえの鍵鼻と大した変わりはない。内供はその短くなった鼻をなでながら、弟子の僧の出してくれる鏡を、きまりが悪そうにおずおずのぞいて見た。

鼻は――あのあごの下まで下がっていた鼻は、ほとんど嘘《うそ》のように萎縮《いしゅく》して、今は僅かに上唇の上で意気地なく[38]残喘《ざんぜん》を保っている。ところどころまだらに赤くなっているのは、おそらく踏まれたときのあとであろう。こうなれば、もう誰もわらうものはないにちがいない。――鏡の中にある内供の顔は、鏡の外にある内供の顔を見て、満足そうに目をしばたたいた。

しかし、その日はまだ一日、鼻がまた長くなりはしないかという不安があった。そ

[36] 鑷子　毛抜き。[37] 分　一寸（約三・〇三センチメートル）の一〇分の一。四分は約一・二センチメートル。[38] 残喘を保って　長くもない命を残して。

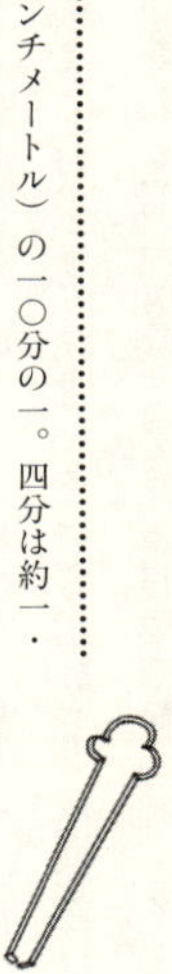

鑷子

こで内供は誦経《ずきょう》するときにも、食事をするときにも、暇さえあれば手を出して、そっと鼻の先にさわって見た。が、鼻は行儀よく唇の上に納まっているだけで、格別それより下へぶら下がって来る気色《けしき》もない。それから一晩寝てあくる日早く目がさめると内供はまず、第一に、自分の鼻をなでてみた。鼻は依然として短い。内供はそこで、幾年にもなく、法華経《ほけきょう》書写[39]の功を積んだときのような、のびのびした気分になった。

ところが二、三日たつ中に、内供は意外な事実を発見した。それは折から、用事があって、池の尾の寺を訪れた侍が、前よりも一層おかしそうな顔をして、話もろくろくせずに、じろじろ内供の鼻ばかり眺めていたことである。それのみならず、かつて、内供の鼻を粥の中へ落としたことのある中童子なぞは、講[40]堂の外で内供と行きちがったときに、始めは、下を向いておかしさをこらえていたが、とうとうこらえかねたと見えて、一度にふっと吹き出してしまった。用をいいつかった下法師《しもぼうし》[41]たちが、面と向かっている間だけは、慎んで聞いていても、内供が後ろさえ向けば、すぐにくすくす笑い出したのは、一度や二度の事ではない。

内供ははじめ、これを自分の顔がわりがしたせいだと解釈した。しかしどうもこの解釈だけでは十分に説明がつかないようである。――もちろん、中童子や下法師がわらう原因は、そこにあるのにちがいない。けれども同じわらうにしても、鼻の長かった昔とは、わらうのにどことなく様子がちがう。見慣れた長い鼻より、見慣れない短い鼻の方が滑稽に見えるといえば、それまでである。が、そこにはまだ何かあるらしい。

——前にはあのようにつけつけ[42]とはわらわなんだて。

内供は、誦《ず》しかけた経文をやめて、禿げ頭を傾けながら、時々こうつぶやくことがあった。愛すべき内供は、そういうときになると、必ずぼんやり、傍らにかけた普賢《ふげん》[43]の画像を眺めながら、鼻の長かった四、五日前のことを思い出して、「[44]今はむげにいやしくなりさがれる人の、さかえたる昔をしのぶがごとく」ふさぎこんでしまうのである。——内供には、遺憾ながらこの問いに答えを与える明が欠けていた。

——人間の心には互いに矛盾した二つの感情がある。もちろん、誰でも他人の不幸

---

39 **功**　功徳。神仏の恵みを受けることのできるような行い。　40 **講堂**　講説の行われる建物。　41 **下法師**　身分の低い僧。　42 **つけつけと**　露骨に。　43 **普賢**　普賢菩薩。白象に乗って、釈迦の右に侍する。理知、慈悲をつかさどり、延命の徳を備える。　44 **今はむげに……**　今はすっかり身分が低くなってしまった人が栄えていた昔を忍ぶように。

に同情しない者はない。ところがその人がその不幸を、どうにかして切りぬけることができると、今度はこっちで何となく物足りないような心もちがする。少し誇張していえば、もう一度その人を、同じ不幸に陥れてみたいような気にさえなる。そうしていつの間にか、消極的ではあるが、ある敵意をその人に対して抱くようなことになる。――内供が、理由を知らないながらも、何となく不快に思ったのは、池の尾の僧俗の態度に、この傍観者の利己主義をそれとなく感づいたからにほかならない。

そこで内供は日ごとに機嫌が悪くなった。二言目には、誰でも意地悪く叱りつける。しまいには鼻の療治をしたあの弟子の僧でさえ、「内供は法慳貪《ほうけんどん》[45]の罪を受けられるぞ。」と陰口をきくほどになった。ことに内供を怒らせたのは、例のいたずらな中童子である。ある日、けたたましく犬の吠《ほ》える声がするので、内供が何気なく外へ出て見ると、中童子は、二尺ばかりの木の片《きれ》をふりまわして、毛の長い、痩せたむく犬を追いまわしている。それもただ、追いまわしているのではない。「鼻を打たれまい。それ、鼻を打たれまい。」と囃《はや》しながら、追いまわしているのである。内供は、中童子の手からその木の片をひったくって、したたかその顔を打った。木の片は以前の鼻もたげの木だったのである。

内供はなまじいに、鼻の短くなったのが、かえって恨めしくなった。

するとある夜のことである。日が暮れてから急に風が出たと見えて、塔の風鐸《ふうたく》[46]の鳴る音が、うるさいほど枕に通ってきた。その上、寒さもめっきり加わったので、老年の内供は寝つこうとしても寝つかれない。そこで床の中でまじまじしていると、ふと鼻がいつになく、むずがゆいのに気がついた。手をあてて見ると少し水気《すいき》が来たようにむくんでいる。どうやらそこだけ、熱さえもあるらしい。

——無理に短うしたで、病が起こったのかもしれぬ。

内供は、仏前に香花《こうげ》を供えるような恭しい手つきで、鼻を抑えながら、こうつぶやいた。

翌朝、内供がいつものように早く目をさまして見ると、寺内の銀杏《いちょう》や橡《とち》が一晩のうちに葉を落としたので、庭は黄金《きん》を敷いたように明るい。塔の屋根には霜が下りているせいであろう。まだうすい朝日に、九輪《くりん》[47]がまばゆく光って

45 **法慳貪**　欲深いこと。無慈悲なこと。 46 **風鐸**　塔などの軒の四隅につるしてある小さい鐘型の鈴。 47 **九輪**　塔の頂につける装飾。

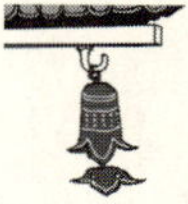
風鐸

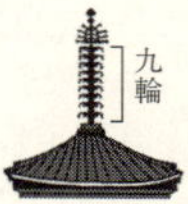

九輪

いる。禅智内供は、蔀《しとみ》[48]を上げた縁に立って、深く息をすいこんだ。

ほとんど、忘れようとしていたある感覚が、再び内供に帰ってきたのはこのときである。

内供は慌てて鼻へ手をやった。手にさわるものは、昨夜《ゆうべ》の短い鼻ではない。上唇の上からあごの下まで、五、六寸あまりもぶら下がっている、昔の長い鼻である。内供は鼻が一夜のうちに、また元の通り長くなったのを知った。そうしてそれと同時に、鼻が短くなったときと同じような、はればれした心もちが、どこからともなく帰ってくるのを感じた。

――こうなれば、もう誰もわらうものはないにちがいない。

内供は心の中でこう自分にささやいた。長い鼻を明け方の秋風にぶらつかせながら。

48 蔀　日光や雨風をよけるために格子の裏に板を張った戸。

蔀

地獄変
じごくへん

発表——一九一八（大正七）年

一

堀川の大殿様のような方は、これまではもとより、後の世にはおそらく二人とはいらっしゃいますまい。噂《うわさ》に聞きますと、あの方の御誕生になる前には、大威徳明王《だいいとくみょうおう》[1]の御姿が御母君の夢枕にお立ちになったとか申すことでございますが、とにかく御生まれつきから、並々の人間とは御違いになっていたようでございます。でございますから、あの方のなさいましたことには、一つとして私どもの意表に出ていないものはございません。早い話が堀川の御邸《おやしき》の御規模を拝見いたしましても、壮大と申しましょうか、豪放と申しましょうか、とうてい私どもの凡慮には及ばない、思い切ったところがあるようでございます。中にはまた、そこを色々とあげつらって大殿様の御性行を始皇帝[2]や煬帝《ようだい》に比べるものもございますが、それはことわざにいう群盲[3]の象を撫《な》でるものもございますが、

1　大威徳明王　五大明王の一つ。毒蛇・悪竜を征服するという。　2　始皇帝や煬帝　始皇帝は中国、秦の初代皇帝。煬帝は中国、隋の第二代皇帝。ともに暴君の伝説が残る。　3　群盲の象を撫でる　多くの盲人が象を撫でてみて、それぞれ、手に触れた部分についてのみ語ること。ものごとの全体がつかめない様子をたとえたもの。

るようなものでもございましょうか。あの方の御思召《おんおぼしめし》は、決してそのように御自分ばかり、栄燿栄華《えいようえいが》をなさろうと申すのではございません。それよりはもっと下々《しもじも》のことまで御考えになる、いわば天下と共に楽しむとでも申しそうな、大腹中《だいふくちゅう》[4]の御器量がございました。

それでございますから、二条大宮の百鬼夜行《ひゃっきやぎょう》[5]に御遭いになっても、格別御障《おさわ》り[6]がなかったのでございましょう。また陸奥《みちのく》[7]の塩竈《しおがま》の景色を写したので名高いあの東三条の河原院《かわらのいん》[8]に、夜な夜な現われるという噂のあった融《とおる》[9]の左大臣の霊でさえ、大殿様のお叱りを受けては、姿を消したのに相違ございますまい。かような御威光でございますから、そのころ洛中《らくちゅう》の老若男女が、大殿様と申しますと、まるで権者《ごんじゃ》[10]の再来のように尊み合いましたも、決して無理ではございません。いつぞや、内の梅花の宴からの御帰りに御車の牛が放れて、折から通りかかった老人に怪我をさせましたときでさえ、その老人は手を合わせて、大殿様の牛にかけられたことをありがたがったと申すことでございます。

さような次第でございますから、大殿様御一代の間には、後々までも語り草になりますようなことが、ずいぶん沢山にございました。大饗《おおみあえ》[11]の引き出物に白馬《あおうま》ばかりを三十頭、賜ったこともございますし、長良《ながら》の橋の橋柱《はしばしら》[12]に御寵愛《ごちょうあい》の童を立てたこともございますし、それからまた華陀《かだ》[13]の術を伝えた震旦《しんたん》[14]の僧に、御腿《おんもも》の瘡《もがさ》[15]を御切らせになったこともございますし、――いちいち数え立てておりましては、とても際限がございません。が、その数多い御逸事《ごいつじ》の中でも、今では御家の重宝《ちょうほう》になっております地獄変[16]の屏風《びょうぶ》の由来ほど、恐ろしい話はございますまい。日頃は物に御騒ぎにならない大殿様でさえ、あのときばかりは、さすがに御驚きになったようでございました。まして御側に仕えていた私どもが、魂も消えるばかりに思ったのは、申し上げるまでもございません。中でもこの私なぞは、大殿様にも二十年来御奉公申しておりましたが、それでさえ、あのようなすさまじい見物《みもの》に出会ったことは、ついぞまたとなかったくらい

4 **大腹中** 度量の大きいこと。 5 **百鬼夜行** 夜中、さまざまな妖怪が行列を作って歩くこと。 6 **御障り** 病気など、悪い影響を受けること。 7 **陸奥の塩竈** 現在の宮城県中部の地域。製塩地として知られ、歌枕になっている。 8 **河原院** 源融《みなもとのとおる》の邸宅。貴公子の社交場であったが、源融の死後は荒廃した。 9 **融の左大臣** 源融。八二二―九五年。平安時代の歌人。嵯峨《さが》天皇の皇子。 10 **権者** 神仏などが人間の姿となって現れた者。 11 **大饗** 天皇の催す酒宴。 12 **橋柱** 困難な建築工事にあたって、神にいけにえとして、生きたまま人を地中や水底に埋めること。 13 **華陀の術** 医術のこと。華陀は、中国の名医。 14 **震旦** 中国。 15 **瘡** はれもの。 16 **地獄変** 「地獄変相」の略。地獄の様子を描いた図。

でございます。

しかし、その御話をいたしますには、あらかじめまず、あの地獄変の屏風を描きました、良秀《よしひで》と申す画師《えし》のことを申し上げておく必要がございましょう。

二

良秀と申しましたら、あるいはただ今でもなお、あの男のことを覚えていらっしゃる方がございましょう。その頃絵筆をとりましては、良秀の右に出るものは一人もあるまいと申されたくらい、高名《こうみょう》な絵師でございます。あのときのことがございましたときには、かれこれもう五十の阪《さか》に、手がとどいておりましたろうか。見たところはただ、背の低い、骨と皮ばかりに瘦せた、意地の悪そうな老人でございました。それが大殿様の御邸へ参りますときには、よく丁子染《ちょうじぞ》め[17]の狩衣《かりぎぬ》[18]に揉烏帽子《もみえぼし》[19]をかけておりましたが、人がらはいたって卑しい方《かた》で、なぜか年よりらしくもなく、唇の目立って赤いのが、その上にまた気味の悪い、いかにも獣めいた心もちを起こさせたものでございます。中にはあれは画筆《えふで》をなめるので紅がつくのだと申した人もおりましたが、どういうものでございましょうか。もっともそれより口の悪い誰彼は、良秀の立ち居振る舞いが猿のようだとか申しまして、猿秀というあだ名までつけたことがございました。

いや猿秀と申せば、かような御話もございます。その頃大殿様の御邸には、十五になる良秀の一人娘が、小女房《こにょうぼう》[20]に上っておりましたが、これはまた生みの親には似もつかない、愛嬌《あいきょう》のある娘でございました。そのうえ早く女親に別れましたせいか、思いやりの深い、年よりはませた、利口な生まれつきで、年の若いのにも似ず、何かとよく気がつくものでございますから、御台様《みだいさま》[21]を始めほかの女房たちにも、かわいがられていたようでございます。

すると何かの折に、丹波《たんば》[22]の国から人なれた猿を一匹、献上したものがございまして、それにちょうどいたずら盛りの若殿様が、良秀という名を御つけになりました。ただ

17 丁子染め　丁子という薬草を用いた染め物。黄色みを帯びた薄茶色。　18 狩衣　公家《くげ》の日常着。　19 揉烏帽子　柔らかく作った烏帽子。　20 小女房　若い侍女。
21 御台様　大臣などの妻の敬称。　22 丹波　旧国名の一つ。現在の京都府中部から兵庫県東部にかかる地域。

狩衣

でさえその猿の様子がおかしいところへ、かような名がついたのでございますから、御邸中誰一人笑わないものはございません。それも笑うばかりならよろしゅうございますが、面白半分に皆のものが、やれ御庭の松に上ったの、やれ曹司《ぞうし》[23]の畳をよごしたのと、その度ごとに、良秀良秀と呼び立てては、とにかくいじめたがるのでございます。

　ところがある日のこと、前に申しました良秀の娘が、御文《おふみ》を結んだ寒紅梅の枝を持って、長い御廊下を通りかかりますと、遠くの遣戸《やりど》[24]の向こうから、例の小猿の良秀が、おおかた足でもくじいたのでございましょう、いつものように柱へ駆け上る元気もなく、びっこを引き引き、一散に逃げて参るのでございます。しかもその後からは楚《すわえ》[25]をふり上げた若殿様が「柑子《こうじ》[26]盗人《ぬすびと》め、待て。待て。」とおっしゃりながら、追いかけていらっしゃるのではございませんか。良秀の娘はこれを見ますと、ちょいとの間ためらったようでございますが、ちょうどその時逃げて来た猿が、袴《はかま》の裾にすがりながら、哀れな声を出して鳴き立てました——と、急にかわいそうだと思う心が、抑え切れなくなったのでございましょう。片手に梅の枝をかざしたまま、片手に紫匂《におい》[27]の袿《うちぎ》[28]の袖を軽そうにはらりと開きますと、やさしくその猿を抱き上げて、若殿様の御前に小腰をかがめながら「おそれながら畜生[29]でございます。どうか御勘弁《ごかんべん》遊ばしまし。」と、涼しい声で申し上げました。

が、若殿様の方は、気負って駆けてお出《い》でになったところでございますから、むずかしい御顔をなすって、二、三度御み足を御踏み鳴らしになりながら、

「何でかばう。その猿は柑子盗人だぞ。」

「畜生でございますから、……。」

娘はもう一度繰り返しましたが、やがて寂しそうにほほ笑みますと、

「それに良秀と申しますと、父が御折檻《ごせっかん》[30]を受けますようで、どうもただ見てはおられませぬ。」と、思い切ったように申すのでございます。これにはさすがの若殿様も、我《が》を御折りになったのでございましょう。

「そうか。父親の命乞いなら、まげてゆるしてとらすとしよう。」

23 **曹司** 宮中に設けられた官吏や女官の部屋。24 **遣戸** 平安時代の寝殿造りで、部屋の仕切りとした引き戸。25 **楚** むち。26 **柑子** みかん。27 **紫匂い** 上から下へ次第に紫色を薄くした染め色。28 **袿** 平安時代の女房が表《うえの》衣《きぬ》の内側に着た衣。正装以外の時には、表衣を略して袿だけを着用した。29 **畜生** けもの。30 **折檻** 厳しく叱ったり、力で懲らしめたりすること。

不承無承にこうおっしゃると、楚をそこへ御捨てになって、元いらしった遣戸の方へ、そのまま御帰りになってしまいました。

三

良秀の娘とこの小猿との仲がよくなったのは、それからのことでございます。娘は御姫様から頂戴した黄金《こがね》の鈴を、美しい真紅の紐《ひも》に下げて、それを猿の頭へ懸けてやりますし、猿はまたどんなことがございましても、めったに娘の身のまわりを離れません。あるとき娘の風邪《かぜ》の心地で、床《とこ》につきましたときなども、小猿はちゃんとその枕もとに座りこんで、気のせいか心細そうな顔をしながら、しきりに爪を噛《か》んでおりました。

こうなるとまた妙なもので、誰も今までのようにこの小猿を、いじめるものはございません。いや、かえってだんだんかわいがり始めて、しまいには若殿様でさえ、時々柿や栗《くり》を投げて御やりになったばかりか、侍の誰やらがこの猿を足蹴《あしげ》にしたときなぞは、たいそう御立腹にもなったそうでございます。その後大殿様がわざわざ良秀の娘に猿を抱いて、御前へ出るようと御沙汰になったのも、この若殿様の御腹立ちになった話を、御聞きになってからだとか申しました。そのついでに自然と娘の猿をかわいがる所由《いわれ》も御耳にはいったのでございましょう。

「孝行な奴《やつ》じゃ。褒めてとらすぞ。」

かような御意《ぎょい》で、娘はそのとき、紅の袙《あこめ》[31]を御褒美に頂きました。ところがこの袙をまた見よう見真似に、猿が恭しく押し頂きましたので、大殿様の御機嫌は、ひとしおよろしかったそうでございます。でございますから、大殿様が良秀の娘を御贔屓《ごひいき》になったのは、全くこの猿をかわいがった、孝行恩愛の情を御賞美なすったので、決して世間でとやかく申しますように、色を御好みになったわけではございません。もっともかような噂の立ちました起こりも、無理のないところがございますが、それはまた後になって、ゆっくり御話しいたしましょう。ここではただ大殿様が、いかに美しいにしたところで、絵師風情《ふぜい》の娘などに、想《おも》いを御懸けになる方ではないということを、申し上げておけば、よろしゅうございます。

31 袙　平安時代の女房や女児が肌着の上に着た服。

さて良秀の娘は、面目を施して御前を下がりましたが、元より利口な女でございますから、はしたないほかの女房たちの妬みを受けるようなこともございません。かえってそれ以来、猿と一緒に何かといとしがられまして、取り分け御姫様の御側からは御離れ申したことがないといってもよろしいくらい、物見車《ものみぐるま》[32]の御供にもついぞ欠けたことはございませんでした。

が、娘のことはひとまずおきまして、これからまた親の良秀のことを申し上げましよう。なるほど猿の方は、かように間もなく、皆のものにかわいがられるようになりましたが、肝腎の良秀はやはり誰にでも嫌われて、あいかわらず陰へまわっては、猿秀よばわりをされておりました。しかもそれがまた、御邸の中ばかりではございません。現に横川《よかわ》[33]の僧都様《そうずさま》も、良秀と申しますと、魔障《ましょう》にでも御会いになったように、顔の色を変えて、御憎み遊ばしました。(もっともこれは良秀が僧都様の御行状《ごぎょうじょう》を戯画《ざれえ》に描いたからだなどと申しますが、何分下ざまの噂ではございますから、たしかにさようとは申されますまい。)とにかく、あの男の不評判は、どちらの方に伺いましても、そういう調子ばかりでございます。もし悪く言わないものがあったといたしますと、それは二、三人の絵師仲間か、あるいはまた、あの男の絵を知っているだけで、あの男の人間は知らないものばかりでございましょう。

しかし実際良秀には、見たところが卑しかったばかりでなく、もっと人に嫌がられる悪い癖があったのでございますから、それもまったく自業自得とでもなすよりほかに、いたし方はございません。

四

その癖と申しますのは、吝嗇《りんしょく》[34]で、慳貪《けんどん》[35]で、恥知らずで、怠けもので、強欲で——いや、その中でも取り分け甚だしいのは、横柄で、高慢で、いつも本朝第一の画師と申すことを、鼻の先へぶらさげていることでございましょう。それも画道の上ばかりならまだしもでございますが、あの男の負け惜しみになりますと、世間の習慣《ならわし》とか慣例《しきたり》とか申すようなものまで、すべてばかにいたさずにはおかないのでございます。これ

32 **物見車**　祭礼などで、見物客が乗る牛車。 33 **横川の僧都**　横川は、滋賀県大津市にある比叡山延暦寺の三塔の一つ。僧都は、僧官の位で僧正に次ぐ第二位の地位。 34 **吝嗇**　けち。 35 **慳貪**　欲張り。

は永年良秀の弟子になっていた男の話でございますが、ある日さる方の御邸で名高い檜垣《ひがき》の巫女《みこ》に御霊《ごりょう》[36]が憑《つ》いて、恐ろしい御《ご》[37]託宣《たくせん》があったときも、あの男は空耳を走らせながら、有り合わせた筆と墨とで、その巫女のものすごい顔を、丁寧に写しておったとか申しました。大方御霊の御祟《おたた》りも、あの男の目から見ましたなら、子供だましくらいにしか思われないのでございましょう。

さような男でございますから、吉祥天《きっしょうてん》[38]を描くときは、卑しい傀儡《くぐつ》[39]の顔を写しましたり、不動明王《ふどうみょうおう》[40]を描くときは、無頼《ぶらい》の放免《ほうめん》[41]の姿をかたどりましたり、いろいろのもったいない真似をいたしましたが、それでも当人をなじりますと「良秀の描いた神仏が、その良秀に冥罰《みょうばつ》[42]を当てられるとは、異なことを聞くものじゃ」と空嘯《そらうそぶ》いているではございませんか。これにはさすがの弟子たちも呆《あき》れ返って、中には未来の恐ろしさに、そうそう暇をとったものも、少なくなかったように見うけました。——まず一口に申しましたなら、慢業重畳《まんごうちょうじょう》とでも名づけましょうか。とにかく当時天《あめ》が下で、自分ほどの偉い人間はないと思っていた男でございます。

したがって良秀がどのくらい画道でも、高く止まっておりましたかは、申し上げるまでもございますまい。もっともその絵でさえ、あの男のは筆使いでも彩色でも、まるでほかの絵師とは違っておりましたから、仲の悪い絵師仲間では、山師だなどと申す評判も、だいぶあったようでございます。その連中の申しますには、[43]川成《かわなり》とか[44]金岡《かなおか》とか、そのほか昔の名匠の筆になった物と申しますと、やれ板戸の梅の花が、月の夜ごとに匂ったの、やれ屏風の大宮人が、笛を吹く音さえ聞こえたのと、優美な噂が立っているものでございますが、良秀の絵になりますと、いつでも必ず気味の悪い、妙な評判だけしか伝わりません。たとえばあの男が竜蓋寺《りゅうがいじ》の門へ描きました、[45]五趣生死《ごしゅしょうじ》の絵にいたしましても、夜更けて門の下を通りますと、天人のため息をつく音やすすり泣きをする声が、聞こえたと申すことでございます。いや、中には死人の腐って行く臭気を、嗅いだと申すものさえございました。それから大殿様の御言いつけで描い

36 **御霊**　たたりをあらわす霊魂。37 **御託宣**　神のお告げ。38 **吉祥天**　福徳を授ける仏教守護の女神。39 **傀儡**　操り人形を操る芸人。遊女。40 **不動明王**　五大明王の一つ。すべての悪と煩悩を鎮め、人々を救う。怒りの形相で、右手に悪を断ちきる剣、左に救済の索（縄）を持つ。41 **放免**　平安時代に、京都の犯罪・風俗を取り締まる警察業務を請け負った検非違使《けびいし》の庁に使われた下級官。軽い罪の者の刑を免じて使った。42 **冥罰**　神仏が人知れず下す罰。43 **川成**　百済河成《くだらのかわなり》。七八二―八五三年。平安時代の画家。日本絵画史上、初めて名の伝わる画家。作品は伝わらない。44 **金岡**　巨勢金岡《こせのかなおか》。生没年不詳。平安時代の画家。名画家として文献に名を残すが、作品は伝わらない。45 **五趣生死**　地獄、餓鬼、畜生、人間、天上の五種類の世界に輪廻《りんね》して生死を繰り返すこと。

た、女房たちの似せ絵なども、その絵に写されただけの人間は、三年とたたない中に、皆魂の抜けたような病気になって、死んだと申すではございませんか。悪く言うものに申させますと、それが良秀の絵の邪道に落ちている、何よりの証拠だそうでございます。

　が、何分前にも申し上げました通り、横紙破り[46]な男でございますから、それがかえって良秀は大自慢で、いつぞや大殿様が御冗談に、「その方はとかく醜いものが好きと見える。」とおっしゃったときも、あの年に似ず赤い唇でにやりと気味悪く笑いながら、「さようでござりまする。かいなで[47]の絵師には総じて醜いものの美しさなどと申すことは、わかろうはずがございませぬ。」と、横柄に御答え申し上げました。いかに本朝第一の絵師にもいたせ、よくも大殿様の御前へ出て、そのような高言が吐けたものでございます。先刻引き合いに出しました弟子が、内々師匠に「智羅永寿《ちらえいじゅ》」というあだ名をつけて、増長慢《ぞうちょうまん》をそしっておりましたが、それも無理はございません。御承知でもございましょうが、「智羅永寿」と申しますのは、昔震旦から渡って参りました天狗《てんぐ》の名でございます。

　しかしこの良秀にさえ——この何とも言いようのない、横道者の良秀にさえ、たった一つ人間らしい、情愛のあるところがございました。

五

と申しますのは、良秀が、あの一人娘の小女房をまるで気違いのようにかわいがっていたことでございます。先刻申し上げました通り、娘もいたって気のやさしい、親思いの女でございましたが、あの男の子煩悩《こぼんのう》は、決してそれにも劣りますまい。何しろ娘の着る物とか、髪飾りとかのことと申しますと、どこの御寺の勧進《かんじん》[48]にも喜捨《きしゃ》[49]をしたことのないあの男が、金銭にはさらに惜し気もなく、整えてやるというのでございますから、嘘《うそ》のような気がいたすではございませんか。

が、良秀の娘をかわいがるのは、ただかわいがるだけで、やがてよい聟《むこ》をとろうなどと申すことは、夢にも考えておりません。それどころか、あの娘へ悪く言い寄るも

46 **横紙破り**　自分の思ったとおりに無理を押し通すこと。　47 **かいなで**　表面をなでただけの。奥深いところを知らない様子。　48 **勧進**　寺社や仏像の建立・修理のために、寄付を募ること。　49 **喜捨**　喜んで寄付をすること。

のでもございましたら、かえって辻冠者《つじかんじゃ》[50]ばらでも駆り集めて、闇打ちくらいは食らわせかねない量見でございます。でございますから、あの娘が大殿様の御声がかりで小女房に上りましたときも、おやじの方は大不服で、当座の間は御前へ出ても、苦り切ってばかりおりました。大殿様が娘の美しいのに御心を惹《ひ》かされて、親の不承知なのもかまわずに、召し上げたなどと申す噂は、大方かような様子を見たものの当て推量から出たのでございましょう。

もっともその噂は嘘でございまして、子煩悩の一心から、良秀が始終娘の下がるように祈っておりましたのはたしかでございます。あるとき大殿様の御言いつけで、稚《ち》[51]児《ご》文珠《もんじゅ》を描きましたときも、御寵愛の童の顔を写しまして、見事なできでございましたから、大殿様もしごく御満足で、「褒美にも望みの物を取らせるぞ。遠慮なく望め。」というありがたいおことばが下りました。すると良秀はかしこまって、何を申すかと思いますと、

「なにとぞ私の娘をば御下げくださいますように。」と臆面もなく申し上げました。ほかの御邸ならばともかくも、堀川の大殿様の御側に仕えているのを、いかにかわいいからと申しまして、かようにぶしつけに御暇《おいとま》を願いますものが、どこの国におりま

しょう。これには大腹中の大殿様もいささか御機嫌を損じたと見えまして、しばらくはただ黙って良秀の顔を眺めておいでになりましたが、やがて、
「それはならぬ。」と吐き出すようにおっしゃると、急にそのまま御立ちになってしまいました。かようなことが、前後四、五遍もございましたろうか。今になって考えて見ますと、大殿様の良秀を御覧になる目は、その都度にだんだん冷やかになっていらしったようでございます。するとまた、それにつけても、娘の方は父親の身が案じられるせいででもございますか、曹司へ下っているときなどは、よく袿の袖を噛んで、しくしく泣いておりました。そこで大殿様が良秀の娘に懸想《けそう》なすったなどと申す噂が、いよいよ広がるようになったのでございましょう。中には地獄変の屏風の由来も、実は娘が大殿様の御意に従わなかったからだなどと申すものもおりますが、元よりさようなことがあるはずはございません。

私どもの目から見ますと、大殿様が良秀の娘を御下げにならなかったのは、全く娘

50 辻冠者　町中をうろつく若者。51 稚児文珠　子どもの姿をした文殊菩薩。文殊菩薩は、釈迦の左に侍して、知恵をつかさどる。

の身の上を哀れに思召したからで、あのようにかたくなな親の側へやるよりは御邸に置いて、何不自由なく暮らさせてやろうというありがたい御考えだったようでございます。それは元より気立ての優しいあの娘を、御贔屓になったのは間違いございません。が、色を御好みになったと申しますのは、おそらく牽強附会《けんきょうふかい》[52]の説でございましょう。いや、あとかたもない嘘と申した方が、よろしいくらいでございます。

それはともかくもといたしまして、かように娘のことから良秀の御覚えがだいぶ悪くなってきたときでございます。どう思召したか、大殿様は突然良秀を御召しになって、地獄変の屏風を描くようにと、御言いつけなさいました。

六

地獄変の屏風と申しますと、私はもうあの恐ろしい画面の景色が、ありありと目の前へ浮かんで来るような気がいたします。

同じ地獄変と申しましても、良秀の描きましたのは、ほかの絵師のに比べますと、第一図取りから似ておりません。それは一帖《いちじょう》の屏風の片隅へ、小さく十王[53]を始め眷属《けんぞく》[54]

たちの姿を描いて、あとは一面にものすごい猛火が[55]剣山刀樹《けんざんとうじゅ》も爛《ただ》れるかと思うほど渦を巻いておりました。でございますから、唐《から》めいた[56]冥官《みょうかん》たちの衣裳《いしょう》が、点々と黄や藍《あい》を綴《つづ》っておりますほかは、どこを見ても烈々《れつれつ》とした火炎の色で、その中をまるで卍《まんじ》のように、墨を飛ばした黒煙と金粉を煽《あお》った火の粉とが、舞い狂っておるのでございます。

　こればかりでも、ずいぶん人の目を驚かす筆勢でございますが、その上にまた、業火に焼かれて、転々と苦しんでおります罪人も、ほとんど一人として通例の地獄絵にあるものはございません。なぜかと申しますと、良秀はこの多くの罪人の中に、上《かみ》は[57]月卿雲客《げっけいうんかく》から下《しも》は[58]乞食非人《こつじきひにん》まで、あらゆる身分の人間を写してきたからでございます。[59]束帯《そくたい》のいかめしい[60]殿上人《てんじょうびと》、五つ衣《ぎぬ》のなまめかしい[61]青女房《あおにょうぼう》、珠数《じゅず》をかけた念仏僧、高足《たかあし》

52 **牽強附会**　道理に合わないことを、都合の良いように無理にこじつけること。53 **十王**　死後の世界で、亡者を裁く一〇人の王のこと。54 **眷属**　配下の者。55 **剣山刀樹**　地獄にあるという剣が植えられた山と刀のようにとがった樹木のこと。56 **冥官**　地獄の裁判官。57 **月卿雲客**　公家と殿上人。平安時代の高級官僚。58 **乞食非人**　乞食は金銭や食べ物を他人からもらって生活する者。非人は平安時代にあっては卑賤視された者。59 **束帯**　公家の正装。60 **殿上人**　宮中の清涼殿の殿上の間に昇ることを許された者。高級官僚。61 **青女房**　宮中や貴族の家に仕えている若くて身分の低い女房。

駄《だ》をはいた侍学生《さむらいがくしよう》、[62]細長を着た女《め》の童《わらわ》、[63]幣《みてぐら》をかざした[64]陰陽師《おんみようじ》——いちいち数え立てておりましたら、とても際限はございますまい。とにかくそういういろいろの人間が、火と煙とが逆捲《さかま》く中を、[65]牛頭馬頭《ごずめず》の獄卒《ごくそつ》にさいなまれて、大風に吹き散らされる落ち葉のように、紛々《ふんぷん》と四方八方へ逃げ迷っているのでございます。[66]鋼叉《さすまた》に髪をからまれて、蜘蛛《くも》よりも手足を縮めている女は、[67]神巫《かんなぎ》の類ででもございましょうか。手矛《てほこ》に胸を刺し通されて、蝙蝠《かわほり》のように逆さまになった男は、[68]生受領《なまずりよう》か何かに相違ございますまい。そのほかあるいは鉄《くろがね》の笞《しもと》に打たれるもの、あるいは[69]千曳《ちびき》の盤石《ばんじやく》に押されるもの、あるいは怪鳥《けちよう》の嘴《くちばし》にかけられるもの、あるいはまた毒竜の顎《あぎと》に噛まれるもの、——呵責《かしやく》もまた罪人の数に応じて、幾通りあるかわかりません。

が、その中でもことに一つ目立ってすさまじく見えるのは、まるで獣の牙のような刀樹の頂きを半ばかすめて（その刀樹の梢にも、多くの亡者が纍々《るいるい》と、五体を貫かれておりましたが）中空《なかぞら》から落ちて来る一両の牛車《ぎつしや》でございましょう。地獄の風に吹き上げられた、その車の簾《すだれ》の中には、[70]女御《にようご》、更衣《こうい》にもまがうばかり、きらびやかに装った女房が、丈の黒髪を炎の中になびかせて、白い頸《うなじ》を反らせながら、悶《もだ》え苦しんでおりますが、その女房の姿と申し、また燃えしきっている牛車と申し、何一つとして炎熱地獄の責め苦をしのばせないものはございません。いわば広い画面の恐ろしさが、この一人の人物に集まっているとでも申しましょうか。これを見るものの耳の底には、自然と物凄《ものすご》い叫喚の声が伝わって来るかと疑うほど、入神のできばえでございました。

ああ、これでございます、これを描くために、あの恐ろしい出来事が起こったのでございます。またさもなければいかに良秀でも、どうしてかように生き生きと奈落《ならく》[71]の苦艱《くげん》が描かれましょう。あの男はこの屏風の絵を仕上げた代わりに、命さえも捨てるような、無惨な目に出会いました。いわばこの絵の地獄は、本朝第一の絵師良秀が、自分でいつか堕《お》ちて行く地獄だったのでございます。……

私はあの珍しい地獄変の屏風のことを申し上げますのを急いだあまりに、あるいは

62 **細長** 公家の衣服の一種で、幼い子どもから若い者までが用いた。63 **幣** 神前に供えたり、罪やけがれをはらったりするときに用いたりする布や紙を竹や木にはさんだもの。64 **陰陽師** 陰陽五行説に基づいて吉凶を占ったり地相を見たりすることをつかさどった人。65 **牛頭馬頭** 地獄の獄卒。人間の体を持ち、頭は牛や馬の形をしている。66 **鋼叉** 武器の一種。二メートルほどの棒の先に、二またに分かれた鉄製の頭部がついている。67 **神巫** 霊を招き寄せ、そのことばを語るとされる巫女。68 **生受領** たいしたことのない受領。受領は、中央から派遣され、諸国の政務をつかさどった地方官僚。69 **千曳の盤石** 千人の人が引かなければ動かせないような大きな石。70 **女御、更衣** 天皇の後宮に侍した女性の地位の一つ。女御は皇后・中宮の下で、更衣は女御の次の位。71 **奈落** 地獄。

御話の順序を転倒いたしたかもしれません。が、これからまた引き続いて、大殿様から地獄絵を描けと申す仰せを受けた良秀のことに移りましょう。

七

良秀はそれから五、六か月の間、まるで御邸へも伺わないで、屏風の絵にばかりかかっておりました。あれほどの子煩悩がいざ絵を描くという段になりますと、娘の顔を見る気もなくなると申すのでございますから、不思議なものではございませんか。先刻申し上げました弟子の話では、何でもあの男は仕事にとりかかりますと、まるで狐《きつね》でも憑いたようになるらしゅうございます。いや実際当時の風評に、良秀が画道で名を成したのは、福徳の大神《おおがみ》に祈誓《きせい》をかけたからで、その証拠にはあの男が絵を描いているところを、そっと物陰からのぞいて見ると、必ず陰々として霊狐《れいこ》の姿が、一匹ならず前後左右に、群がっているのが見えるなどと申す者もございました。そのくらいでございますから、いざ画筆を取るとなると、その絵を描き上げるというよりほかは、何もかも忘れてしまうのでございましょう。昼も夜も一間に閉じこもったきりで、めったに日の目も見たことはございません。――ことに地獄変の屏風を描いたときには、こういう夢中になり方が、甚だしかったようでございます。

と申しますのは何もあの男が、昼も蔀《しとみ》を下ろした部屋の中で、結灯台[72]《ゆいとうだい》の火の下に、秘密の絵の具を合わせたり、あるいは弟子たちを、水干[73]《すいかん》やら狩衣やら、さまざまに着飾らせて、その姿を一人ずつ丁寧に写したり、――そういうことではございません。そのくらいの変わったことなら、別にあの地獄変の屏風を描かなくとも、仕事にかかっているときとさえ申しますと、いつでもやりかねない男なのでございます。いや、現に竜蓋寺の五趣生死の図を描きましたときなどは、当たり前の人間なら、わざと目を外《そ》らせて行くあの往来の死骸の前へ、悠々と腰を下ろして、半ば腐れかかった顔や手足を、髪の毛一すじも違えずに、写して参ったことでございました。では、その甚だしい夢中になり方とは、一体どういうことを申すのか、さすがに御わかりにならない方もいらっしゃいましょう。それにはただ今詳しいことは申し上げている暇もございませんが、主な話を御耳に入れますと、大体まず、

72 **結灯台** 照明具の一種。 73 **水干** 平安時代、下級官僚や民間人が着用した衣服の一種。

結灯台

かような次第なのでございます。

良秀の弟子の一人が（これもやはり、前に申した男でございますが）ある日絵の具を溶いておりますと、急に師匠が参りまして、

「おれは少し昼寝をしようと思う。が、どうもこの頃は夢見が悪い。」とこう申すのでございます。別にこれは珍しいことでも何でもございませんから、弟子は手を休めずに、ただ、

「さようでございますか。」と一通りの挨拶をいたしました。ところが良秀はいつになく寂しそうな顔をして、

「ついては、おれが昼寝をしている間中、枕もとに座っていてもらいたいのだが。」と、遠慮がましく頼むではございませんか。弟子はいつになく、師匠が夢などを気にするのは、不思議だと思いましたが、それも別にぞうさのないことでございますから、

「よろしゅうございます。」と申しますと、師匠はまだ心配そうに、

「ではすぐに奥へ来てくれ。もっとも後でほかの弟子が来ても、おれの眠っているところへは入れないように。」と、ためらいながら言いつけました。奥と申しますのは、あの男が画を描きます部屋で、その日も夜のように戸を立て切った中に、ぼんやりと

灯《ひ》をともしながら、まだ焼き筆[74]で図取りだけしか出来ていない屛風が、ぐるりと立て回してあったそうでございます。さてここへ参りますと、良秀は肘を枕にして、まるで疲れ切った人間のように、すやすや、寝入ってしまいましたが、ものの半時[75]とたちませんうちに、枕もとにおります弟子の耳には、何ともかとも申しようのない、気味の悪い声がはいり始めました。

八

それが始めはただ、声でございましたが、しばらくしますと、次第に切れ切れなことばになって、いわば溺れかかった人間が水の中でうなるように、かようなことを申すのでございます。

「なに、おれに来いと言うのだな。――どこへ――どこへ来いと？　奈落へ来い。炎熱地獄へ来い。――誰だ。そういう貴様は。――貴様は誰だ――誰だと思ったら。」

74 **焼き筆**　木炭。　75 **半時**　現在の約一時間。

弟子は思わず絵の具を溶く手をやめて、恐る恐る師匠の顔を、覗くようにして透《すか》して見ますと、皺《しわ》だらけな顔が白くなった上に、大粒な汗を滲《にじ》ませながら、唇の干《かわ》いた、歯のまばらな口を喘《あえ》ぐように大きく開けております。そうしてその口の中で、何か糸でもつけて引っ張っているかと疑うほど、目まぐるしく動くものがあると思いますと、それがあの男の舌だったと申すではございませんか。切れ切れなことばは元より、その舌から出て来るのでございます。

「誰だと思ったら――うん、貴様だな。おれも貴様だろうと思っていた。なに、迎えに来たと？　だから来い。奈落へ来い。奈落には――おれの娘が待っている。」

そのとき、弟子の目には、朦朧《もうろう》とした異形の影が、屏風の面をかすめてむらむらと下りて来るように見えたほど、気味の悪い心もちがいたしたそうでございます。もちろん弟子はすぐに良秀に手をかけて、力のあらん限り揺り起こしましたが、師匠はなお夢現《ゆめうつつ》に独りごとを言いつづけて、容易に目のさめる気色はございません。そこで弟子は思い切って、側にあった筆洗の水を、ざぶりとあの男の顔へ浴びせかけました。

「待っているから、この車へ乗って来い――この車へ乗って、奈落へ来い――。」ということばがそれと同時に、喉をしめられるようなうめき声に変わったと思いますと、やっと良秀は目を開いて、針で刺されたよりも慌ただしく、やにわにそこへはね起きましたが、まだ夢の中の異類異形が、まぶたの後を去らないのでございましょう。しばらくはただ恐ろしそうな目つきをして、やはり大きく口を開きながら、空《くう》を見つめておりましたが、やがて我に返った様子で、

「もういいから、あっちへ行ってくれ。」と、今度はいかにもそっけなく、言いつけるのでございます。弟子はこういうときにさからうと、いつでも大小言《おおこごと》を言われるので、そうそう師匠の部屋から出て参りましたが、まだ明るい外の日の光を見たときには、まるで自分が悪夢から覚めたような、ほっとした気がいたしたとか申しておりました。

しかしこれなぞはまだよい方なので、その後一月ばかりたってから、今度はまた別の弟子が、わざわざ奥へ呼ばれますと、良秀はやはりうす暗い油火の光の中で、絵筆を噛んでおりましたが、いきなり弟子の方へ向き直って、

「御苦労だが、また裸になってもらおうか。」と申すのでございます。これはそのときまでにも、どうかすると師匠が言いつけたことでございますから、弟子はさっそく衣類をぬぎすてて、赤裸になりますと、あの男は妙に顔をしかめながら、

「わしは鎖で縛られた人間が見たいと思うのだが、気の毒でもしばらくの間、わしのするとおりになっていてはくれまいか。」と、その癖少しも気の毒らしい様子などは見せずに、冷然とこう申しました。元来この弟子は画筆などを握るよりも、太刀《たち》でも持った方がよさそうな、たくましい若者でございましたが、これにはさすがに驚いたと見えて、後々までもそのときの話をいたしますと、「これは師匠が気が違って、私を殺すのではないかと思いました。」と繰り返して申したそうでございます。が、良秀の方では相手のぐずぐずしているのが、じれったくなって参ったのでございましょう。どこから出したか、細い鉄の鎖をざらざらとたぐりながら、ほとんど飛びつくような勢いで、弟子の背中へ乗りかかりますと、否応《いやおう》なしにそのまま両腕を捻《ね》じあげて、ぐるぐる巻きにいたしてしまいました。そうしてまたその鎖の端を邪慳《じやけん》にぐいと引きましたからたまりません。弟子の体ははずみを食って、勢よく床を鳴らしながら、ごろりとそこへ横倒しに倒れてしまったのでございます。

九

　そのときの弟子のかっこうは、まるで酒甕《さかがめ》を転がしたようだとでも申しましょうか。何しろ手も足もむごたらしく折り曲げられておりますから、動くのはただ首ばかりでございます。そこへ肥った体中の血が、鎖にめぐりを止められたので、顔といわず胴といわず、一面に皮膚の色が赤み走って参るではございませんか。が、良秀にはそれも格別気にならないと見えまして、その酒甕のような体のまわりを、あちこちと回って眺めながら、同じような写真の図を何枚となく描いておりました。その間、縛られている弟子の身が、どのくらい苦しかったかということは、何もわざわざ取り立てて申し上げるまでもございますまい。

　が、もし何事も起こらなかったといたしましたら、この苦しみはおそらくまだそのうえにも、つづけられたことでございましょう。幸い（と申しますより、あるいは不幸にと申した方がよろしいかもしれません。）しばらくいたしますと、部屋の隅にある壺《つぼ》の陰から、まるで黒い油のようなものが、一すじ細くうねりながら、流れ出して参りました。それが始めのうちはよほど粘り気のあるもののように、ゆっくり動いておりましたが、だんだん滑らかにすべり始めて、やがてちらちら光りながら、鼻の先まで流れ着いたのを眺めますと、弟子は思わず、息を引いて、「蛇が――蛇が。」とわめきました。そのときは全く体中の血が一時に凍るかと思ったと申しますが、それも無理はございません。蛇は実際もう少しで、鎖の食いこんでいる、頸《うなじ》の肉へその冷たい舌の先を触れようとしていたのでございます。この思いもよらない出来事には、いくら横道《おうどう》[76]な良秀でも、ぎょっといたしたのでございましょう。慌てて画筆を投げ捨てながら、とっさに身をかがめたと思うと、素早く蛇の尾をつかまえて、ぶらりと逆さまに吊《つ》り下げました。蛇は吊り下げられながらも、頭を上げて、きりきりと自分の体へ巻きつきましたが、どうしてもあの男の手の所まではとどきません。

「おのれゆえに、あったら一筆を仕損じたぞ。」

良秀は忌々しそうにこう呟《つぶや》くと、蛇はそのまま部屋の隅の壺の中へほうりこんで、それからさも不承無承に、弟子の体へかかっている鎖を解いてくれました。それもただ解いてくれたというだけで、肝腎の弟子の方へは、優しい言葉一つかけてはやりません。大方弟子が蛇に噛まれるよりも、写真の一筆を誤ったのが、業腹《ごうはら》[77]だったのでございましょう。——後で聞きますと、この蛇もやはり姿を写すために、わざわざあの男が飼っていたのだそうでございます。

これだけのことを御聞きになったのでも、良秀の気違いじみた、薄気味の悪い夢中になり方が、ほぼ、御わかりになったことでございましょう。ところが最後にもう一つ、今度はまだ十三、四の弟子が、やはり地獄変の屛風の御かげで、いわば命にも関わりかねない、恐ろしい目に出会いました。その弟子は生まれつき色の白い女のような男でございましたが、ある夜のこと、何気なく師匠の部屋へ呼ばれて参りますと、良秀は灯台の火の下で掌《てのひら》に何やら腥《なまぐさ》い肉をのせながら、見慣れない一羽の鳥を養っているのでございます。大きさはまず、世の常の猫ほどでもございましょうか。そういえば、耳のように両方へつき出た羽毛といい、琥珀《こはく》のような色をした、大きなまるい目といい、見たところもなんとなく猫に似ておりました。

十

元来良秀という男は、何でも自分のしていることに嘴《くちばし》を入れられるのが大嫌いで、先刻申し上げた蛇などもそうでございますが、自分の部屋の中に何があるか、一切そ

76 **横道**　人として正しい道から外れていること。　77 **業腹**　非常に腹が立つこと。

ういうことは弟子たちにも知らせたことがございません。でございますから、あるときは机の上に髑髏《されこうべ》[78]がのっていたり、あるときはまた、銀《しろがね》の椀《まり》[79]や蒔絵《まきえ》[80]の高坏《たかつき》[81]が並んでいたり、そのとき描いている画次第で、ずいぶん思いもよらない物が出ておりました。が、ふだんはかような品を、一体どこにしまっておくのか、それはまた誰にもわからなかったそうでございます。あの男が福徳の大神の冥助《みょうじょ》を受けているなどと申す噂も、一つはたしかにそういうことが起こりになっていたのでございましょう。

　そこで弟子は、机の上のその異様な鳥も、やはり地獄変の屛風を描くのに入用なのに違いないと、こう独り考えながら、師匠の前へ畏《かしこ》まって、「何か御用でございますか。」と、恭々しく申しますと、良秀はまるでそれが聞こえないように、あの赤い唇へ舌なめずりをして、「どうだ、よくなれているではないか。」と、鳥の方へあごをやります。

「これは何というものでございましょう。私はついぞまだ、見たことがございませんが。」

　弟子はこう申しながら、この耳のある、猫のような鳥を、気味悪そうにじろじろ眺めますと、良秀はあいかわらずいつものあざ笑うような調子で、

「なに、見たことがない？　都育ちの人間はそれだから困る。これは二、三日前に鞍《くら》[82]馬《ま》の猟師がわしにくれた耳木兎《みみずく》[83]という鳥だ。ただ、こんなになれているのは、たくさんあるまい。」

　こう言いながらあの男は、おもむろに手をあげて、ちょうど餌《え》を食べてしまった耳木兎の背中の毛を、そっと下からなで上げました。するとそのとたんでございます。鳥は急に鋭い声で、短く一声鳴いたと思うと、たちまち机の上から飛び上がって、両脚の爪を張りながら、いきなり弟子の顔へとびかかりました。もしそのとき、弟子が袖をかざして、慌てて顔を隠さなかったら、きっともうきずの一つや二つは負わされておりましたろう。あっと言いながら、その袖を振って、追い払おうとするところを、耳木兎はかさにかかって、嘴を鳴らしながら、また一突き――弟子は師匠の前も忘れて、立っては防ぎ、座っては追い、思わず狭い部屋の中を、あちらこちらと逃げ惑い

78 **髑髏**　頭蓋骨。79 **椀**　おわん。80 **蒔絵**　金粉などで装飾をほどこした漆工芸品。81 **高坏**　平安時代の食器の一種。82 **鞍馬**　現在の京都市左京区中部の地名。杉に覆われた山地。83 **耳木兎**　フクロウ科の鳥のうち、頭に耳のような羽毛を持つものの総称。

耳木兎

ました。怪鳥も元よりそれにつれて、高く低く翔《かけ》りながら、隙さえあればまっしぐらに目を目がけて飛んできます。その度にばさばさと、すさまじく翼を鳴らすのが、落ち葉の匂いだか、滝の飛沫《しぶき》だか、あるいはまた[84]猿酒のすえたいきれだか、何やら怪しげなもののけはいを誘って、気味の悪さといったらございません。そういえばその弟子も、うす暗い油火の光さえおぼろげな月明りかと思われて、師匠の部屋がそのまま遠い山奥の、妖気に閉ざされた谷のような、心細い気がしたとか申したそうでございます。

しかし弟子が恐ろしかったのは、何も耳木兎に襲われるという、そのことばかりではございません。いや、それよりも一層身の毛がよだったのは、師匠の良秀がその騒ぎを冷然と眺めながら、おもむろに紙を展《の》べ筆を舐《ねぶ》って、女のような少年が異形な鳥にさいなまれる、ものすごい有り様を写していたことでございます。弟子は一目それを見ますと、たちまちいいようのない恐ろしさに脅かされて、実際一時は師匠のために、殺されるのではないかとさえ、思ったと申しておりました。

十一

実際師匠に殺されるということも、全くないとは申されません。現にその晩わざわざ弟子を呼びよせたのでさえ、実は耳木兎をけしかけて、弟子の逃げまわる有り様を写そうという魂胆らしかったのでございます。でございますから、弟子は、師匠の様子を一目見るが早いか、思わず両袖に頭を隠しながら、自分にも何といったかわからないような悲鳴をあげて、そのまま部屋の隅の遣戸の裾へ、居ずくまってしまいました。とその拍子に、良秀も何やら慌てたような声をあげて、立ち上がった気色でございましたが、たちまち耳木兎の羽音が一層前よりもはげしくなって、物の倒れる音や破れる音が、けたたましく聞こえるではございませんか。これには弟子も二度、度を失って、思わず隠していた頭を上げて見ますと、部屋の中はいつかまっ暗になっていて、師匠の弟子たちを呼び立てる声が、その中でいらだたしそうにしております。

84 猿酒　猿が樹木の穴や岩のくぼみなどに貯えておいた木の実が自然に発酵したもの。

やがて弟子の一人が、遠くの方で返事をして、それから灯をかざしながら、急いでやって参りましたが、その煤臭《すすくさ》い明りで眺めますと、結灯台が倒れたので、床も畳も一面に油だらけになったところへ、さっきの耳木兎が片方の翼ばかり苦しそうにはためかしながら、転げまわっているのでございます。良秀は机の向こうで半ば体を起したまま、さすがに呆気《あっけ》にとられたような顔をして、何やら人にはわからないことを、ぶつぶつ呟いておりました。――それも無理ではございません。あの耳木兎の体には、まっ黒な蛇が一匹、くびから片方の翼へかけて、きりきりと巻きついているのでございます。おおかたこれは弟子が居ずくまる拍子に、そこにあった壺をひっくり返して、その中の蛇が這《は》い出したのを、耳木兎がなまじいに摑《つか》みかかろうとしたばかりに、とうとうこういう大騒ぎが始まったのでございましょう。二人の弟子は互いに目と目とを見合わせて、しばらくはただ、この不思議な光景をぼんやり眺めておりましたが、やがて師匠に黙礼をして、こそこそ部屋へ引き下がってしまいました。蛇と耳木兎とがその後どうなったか、それは誰も知っているものはございません――。

こういう類いのことは、そのほかまだ、幾つとなくございました。前には申し落としましたが、地獄変の屛風を描けという御沙汰があったのは、秋の初めでございますから、それ以来冬の末まで、良秀の弟子たちは、絶えず師匠の怪しげな振る舞いに脅かされていたわけでございます。が、その冬の末に良秀は何か屏風の画で、自由にならないことができたのでございましょう、それまでよりは一層様子も陰気になり、物言いも目に見えて、荒々しくなって参りました。と同時にまた屏風の画も、下画が八分通り出来上がったまま、さらにはかどる模様はございません。いや、どうかすると今までに描いたところさえ、塗り消してもしまいかねない気色なのでございます。

その癖、屏風の何が自由にならないのだか、それは誰にもわかりません。また誰もわかろうとしたものもございますまい。前のいろいろな出来事に懲りている弟子たちは、まるで虎狼《おおかみ》と一つ檻《おり》にでもいるような心もちで、その後師匠の身のまわりへは、なるべく近づかない算段をしておりましたから。

十二

したがってその間のことについては、別に取り立てて申し上げるほどの御話もございません。もし強いて申し上げるといたしましたら、それはあの強情なおやじが、なぜか妙に涙脆《もろ》くなって、人のいないところでは時々独りで泣いていたという御話くらいなものでございましょう。ことにある日、何かの用で弟子の一人が、庭先へ参りましたときなぞは、廊下に立ってぼんやり春の近い空を眺めている師匠の目が、涙で一ぱいになっていたそうでございます。弟子はそれを見ますと、かえってこちらが恥ずかしいような気がしたので、黙ってこそこそ引き返したと申すことでございますが、五趣生死の図を描くためには、道ばたの死骸さえ写したという、傲慢なあの男が屏風の画が思うように描けないくらいのことで、子供らしく泣き出すなどと申すのはずいぶん異なものでございませんか。

ところが一方良秀がこのように、まるで正気の人間とは思われないほど夢中になって、屏風の絵を描いておりますうちに、また一方ではあの娘が、なぜかだんだん気鬱になって、私どもにさえ涙を堪えている様子が、目に立って参りました。それが元来愁い顔の、色の白い、つつましやかな女だけに、こうなると何だか睫毛《まつげ》が重くなって、目のまわりに隈がかかったような、よけい寂しい気がいたすのでございます。始めはやれ父思いのせいだの、やれ恋わずらいをしているからだの、いろいろ臆測をいたしたものでございますが、中頃から、なにあれは大殿様が御意《ぎょい》に従わせようとしていらっしゃるのだという評判が立ち始めて、それからは誰も忘れたように、ぱったりあの娘の噂をしなくなってしまいました。

ちょうどその頃のことでございましょう。ある夜、更《こう》が闌《た》けてから、私が独り御廊下を通りかかりますと、あの猿の良秀がいきなりどこからか飛んで参りまして、私の袴の裾をしきりにひっぱるのでございます。たしか、もう梅の匂いでもいたしそうな、うすい月の光のさしている、暖かい夜でございましたが、その明りですかして見ますと、猿はまっ白な歯をむき出しながら、鼻の先へ皺をよせて、気が違わないばかりにけたたましく鳴き立てているではございませんか。私は気味の悪いのが三分と、新しい袴をひっぱられる腹立たしさが七分とで、最初は猿を蹴放して、そのまま通りすぎようかとも思いましたが、また思い返して見ますと、前にこの猿を折檻して、若殿様の御不興を受けた侍の例もございます。それに猿の振る舞いが、どうもただごととは思われません。そこでとうとう私も思い切って、そのひっぱる方へ五、六間歩くともなく歩いて参りました。

85 更が闌けて　夜が更けて。

すると御廊下が一曲り曲って、夜目にもうす白い御池の水が枝ぶりのやさしい松の向こうにひろびろと見渡せる、ちょうどそこまで参ったときのことでございます。どこか近くの部屋の中で人の争っているらしいけはいが、慌ただしく、また妙にひっそりと私の耳を脅しました。あたりはどこもしんと静まり返って、月明りとも靄《もや》ともつかないものの中で、魚の跳ねる音がするほかは、話し声一つ聞こえません。そこへこの物音でございますから、私は思わず立ち止まって、もし狼藉者《ろうぜきもの》でもあったなら、目にもの見せてくれようと、そっとその遣戸の外へ、息をひそめながら身をよせました。

十三

ところが猿は私のやり方がまだるかったのでございましょう。良秀はさもさもどかしそうに、二、三度私の足のまわりを駆けまわったと思いますと、まるで咽《のど》を絞められたような声で鳴きながら、いきなり私の肩のあたりへ一足飛びに飛び上がりました。私は思わず頸《うなじ》を反らせて、その爪にかけられまいとする、猿はまた水干の袖にかじりついて、私の体からすべり落ちまいとする、――その拍子に、私はわれ知らず二足三足よろめいて、その遣戸へ後ろざまに、したたか私の体を打ちつけました。こうなっては、もう一刻も躊躇《ちゅうちょ》している場合ではございません。私はやにわに遣戸を開け放して、月明りのとどかない奥の方へおどりこもうといたしました。が、そのとき私の目を遮ったものは――いや、それよりももっと私は、同時にその部屋の中から、弾かれたように駆け出そうとした女の方に驚かされました。女は出合い頭に危く私に衝《つ》き当たろうとして、そのまま外へ転び出ましたが、なぜかそこへ膝をついて、息を切らしながら私の顔を、何か恐ろしいものでも見るように、戦《おの》き戦き見上げているのでございます。

それが良秀の娘だったことは、何もわざわざ申し上げるまでもございますまい。が、その晩のあの女は、まるで人間が違ったように、生き生きと私の目に映りました。目は大きくかがやいております。頰も赤く燃えておりましたろう。そこへしどけなく乱れた袴や袿が、いつもの幼さとは打って変わった艶《なまめか》しささえも添えております。これが実際あの弱々しい、何事にも控え目がちな良秀の娘でございましょうか。――私は遣戸に身を支えて、この月明りの中にいる美しい娘の姿を眺めながら、慌ただしく遠のいて行くもう一人の足音を、指させるもののように指さして、誰ですと静かに目で尋ねました。

　すると娘は唇を噛みながら、黙って首をふりました。その様子がいかにもまたくやしそうなのでございます。

　そこで私は身をかがめながら、娘の耳へ口をつけるようにして、今度は「誰です。」と小声で尋ねました。が、娘はやはり首を振ったばかりで、何とも返事をいたしません。いや、それと同時に長い睫毛の先へ、涙を一ぱいためながら、前よりも固く唇を噛みしめているのでございます。

　[86]性得《しょうとく》愚かな私には、分かりすぎているほど分かっていることのほかは、あいにく何一つ飲みこめません。でございますから、私はことばのかけようも知らないで、しばらくはただ、娘の胸の動悸《どうき》に耳をすませるような心もちで、じっとそこに立ちすくんでおりました。もっともこれは一つには、なぜかこのうえ問いただすのが悪いような、気《き》咎《とが》めがいたしたからでもございます――。

　それがどのくらい続いたか、わかりません。が、やがて開け放した遣戸を閉ざしながら、少しは上気のさめたらしい娘の方を見返って、「もう曹司へ御帰りなさい。」とできるだけやさしく申しました。そうして私も自分ながら、何か見てはならないものを見たような、不安な心もちに脅されて、誰にともなく恥ずかしい思いをしながら、そっと元来た方へ歩き出しました。ところが十歩と歩かない中に、誰かまた私の袴の裾を、後ろから恐る恐る、引き止めるではございませんか。私は驚いて、振り向きました。あなた方はそれが何だったと思召します？

見るとそれは私の足もとにあの猿の良秀が、人間のように両手をついて、黄金の鈴を鳴らしながら、何度となく丁寧に頭を下げているのでございました。

十四

するとその晩の出来事があってから、半月ばかり後のことでございます。ある日良秀は突然御邸へ参りまして、大殿様へ直の御目通りを願いました。卑しい身分のものでございますが、日頃から格別御意に入っていたからでございましょう。誰にでも容

86 性得　生まれつき。

易に御会いになったことのない大殿様が、その日も快く御承知になって、早速御前近くへ御召しになりました。あの男は例のとおり香染《こうぞ》[87]めの狩衣に萎《な》えた烏帽子を頂いて、いつもよりは一層気むずかしそうな顔をしながら、恭しく御前へ平伏いたしましたが、やがて嗄《しわが》れた声で申しますには、

「かねがね御言いつけになりました地獄変の屛風でございますが、私も日夜に丹誠《たんせい》をぬきんでて、筆を執りましたかいが見えまして、もはやあらましは出来上がったのも同然でございまする。」

「それはめでたい。予も満足じゃ。」

しかしこうおっしゃる大殿様の御声には、なぜか妙に力の無い、張り合いのぬけたところがございました。

「いえ、それがいっこうめでたくはございませぬ。」良秀は、やや腹立たしそうな様子でじっと目を伏せながら、

「あらましは出来上がりましたが、ただ一つ、今もって私には描けぬところがございまする。」

「なに、描けぬところがある？」

「さようでございまする。私は総じて、見たものでなければ描けませぬ。よし描けても、得心《とくしん》が参りませぬ。それでは描けぬも同じことでございませぬか。」

　これを御聞きになると、大殿様の御顔には、嘲るような御微笑が浮かびました。

「では地獄変の屛風を描こうとすれば、地獄を見なければなるまいな。」

「さようでございまする。が、私は先年大火事がございましたときに、炎熱地獄の猛火にもまがう火の手を、目のあたりに眺めました。『よじり不動』[88]の火炎を描きましたのも、実はあの火事に遭ったからでございまする。御前もあの絵は御承知でございましょう。」

「しかし罪人はどうじゃ。獄卒は見たことがあるまいな。」大殿様はまるで良秀の申すことが御耳にはいらなかったような御様子で、こう畳みかけて御尋ねになりました。

「私は鉄《くろがね》の鎖に縛られたものを見たことがございまする。怪鳥に悩まされるものの姿も、つぶさに写しとりました。されば罪人の呵責《かしやく》に苦しむさまも知らぬと申されませぬ。また獄卒は――。」と言って、良秀は気味の悪い苦笑をもらしながら、「また獄卒

87 香染め　丁子染めの別名。88 よじり不動　火炎のよじれている不動明王の像。

は、夢現に何度となく、私の目に映りました。あるいは牛頭、あるいは馬頭、あるいは[89]三面六臂《さんめんろっぴ》の鬼の形が、音のせぬ手をたたき、声の出ぬ口を開いて、私をさいなみに参りますのは、ほとんど毎日毎夜のことと申してもよろしゅうございましょう。――私の描こうとして描けぬのは、そのようなものではございませぬ。」

　それには大殿様も、さすがに御驚きになったでございましょう。しばらくはただいらだたしそうに、良秀の顔をにらめておいでになりましたが、やがて眉を険しく御動かしになりながら、

「では何が描けぬと申すのじゃ。」と打ち捨てるようにおっしゃいました。

十五

「私は屏風のただ中に、[90]檳榔毛《びろうげ》の車が一両、空から落ちてくるところを描こうと思っておりまする。」良秀はこう言って、始めて鋭く大殿様の御顔を眺めました。あの男は画のことというと、気違い同様になるとは聞いておりましたが、そのときの目くばりには確かにさような恐ろしさがあったようでございます。

「その車の中には、一人のあでやかな上﨟《じようろう》[91]が、猛火の中に黒髪を乱しながら、悶《もだ》え苦しんでいるのでございまする。顔は煙にむせびながら、眉を顰《ひそ》めて、空ざまに車蓋《やかた》[92]を仰いでおりましょう。手は下簾《したすだれ》を引きちぎって、降りかかる火の粉の雨を防ごうとしているかも知れませぬ。そうしてそのまわりには、怪しげな鷙鳥《しちょう》[93]が十羽となく、二十羽となく、嘴を鳴らして紛々《ふんぷん》と飛び巡っているのでございまする。――ああ、それが、牛車の中の上﨟が、どうしても私には描けませぬ。」

「そうして――どうじゃ。」

大殿様はどういうわけか、妙によろこばしそうな御気色《みけしき》で、こう良秀を御促しになりました。が、良秀は例の赤い唇を熱でも出たときのように震わせながら、夢を見ているのかと思う調子で、

「それが私には描けませぬ。」と、もう一度繰り返しましたが、突然噛みつくような勢いになって、

---

89 **三面六臂** 三つの顔と六つの手。 90 **檳榔毛の車** 牛車の一種。ヤシ科の高木である檳榔の葉を白くさらし、細かく裂いて車の屋根や左右を覆ったもの。身分の高い者が乗用した。 91 **上﨟** 身分の高い女性。 92 **車蓋** 車の屋根。 93 **鷙鳥** 肉食する鳥の総称。

「どうか檳榔毛の車を一両、私の見ている前で、火をかけて頂きとうございまする。そうしてもしできまするならば――。」

大殿様は御顔を暗くなすったと思うと、突然けたたましく御笑いになりました。そうしてその御笑い声に息をつまらせながら、おっしゃいますには、

「おお、万事その方が申すとおりにいたして遣わそう。できるできぬの詮議は無益《むやく》の沙汰じゃ。」

私はそのおことばを伺いますと、虫の知らせか、何となくすさまじい気がいたしました。実際また大殿様の御様子も、御口の端には白く泡がたまっておりますし、御眉のあたりにはびくびくといなずまが起っておりますし、まるで良秀のもの狂いに御染みなすったのかと思うほど、ただならなかったのでございます。それがちょいとことばを御切りになると、すぐまた何かが爆《は》ぜたような勢いで、止め度なく喉を鳴らして御笑いになりながら、

「檳榔毛の車にも火をかけよう。またその中にはあでやかな女を一人、上﨟の装いをさせて乗せて遣わそう。炎と黒煙とに攻められて、車の中の女が、悶え死にをする――それを描こうと思いついたのは、さすがに天下第一の絵師じゃ。褒めてとらす。お

お、褒めてとらすぞ。」

大殿様の御言葉を聞きますと、良秀は急に色を失ってあえぐようにただ、唇ばかり動かしておりましたが、やがて体中の筋が緩んだように、べたりと畳へ両手をつくと、

「ありがたい幸せでございまする。」と、聞こえるか聞こえないかわからないほど低い声で、丁寧に御礼を申し上げました。これは大方自分の考えていたもくろみの恐ろしさが、大殿様の御言葉につれてありありと目の前へ浮かんできたからでございましょうか。私は一生のうちにただ一度、このときだけは良秀が、気の毒な人間に思われました。

十六

それから二、三日した夜のことでございます。大殿様は御約束どおり、良秀を御召しになって、檳榔毛の車の焼けるところを、まぢかく見せて御やりになりました。もっともこれは堀川の御邸であったことではございません。俗に雪解《ゆきげ》の御所という、昔大殿様の妹君がいらしった洛外の山荘で、御焼きになったのでございます。

この雪解の御所と申しますのは、久しくどなたも御住まいにはならなかったところで、広い御庭も荒れ放題荒れ果てておりましたが、大方この人気《ひとけ》のない御様子を拝見した者の当て推量でございましょう。ここで御亡くなりになった妹君の御身の上にも、とかくの噂が立ちまして、中にはまた月のない夜ごと夜ごとに、今でも怪しい御袴の緋《ひ》の色が、地にもつかず御廊下を歩むなどという取り沙汰をいたすものもございました。――それも無理ではございません。昼でさえ寂しいこの御所は、一度日が暮れたとなりますと、遣水《やりみず》[94]の音がひときわ陰に響いて、星明りに飛ぶ五位鷺《ごいさぎ》[95]も、怪形《けぎょう》の物かと思うほど、気味が悪いのでございますから。

ちょうどその夜はやはり月のない、まっ暗な晩でございましたが、大殿油《おおとのあぶら》[96]の灯影《ほかげ》で眺めますと、縁に近く座を御占めになった大殿様は、浅黄《あさぎ》[97]の直衣《のうし》[98]に濃い紫の浮き紋の指貫《さしぬき》[99]を御召しになって、白地の錦の縁をとった円座《わろうだ》[100]に、高々とあぐらを組んでいらっしゃいました。その前後左右に御側の者どもが五、六人、恭しく居並んでおりましたのは、別に取り立てて申し上げるまでもございますまい。が、中に一人、めだってことありげに見えたのは、先年陸奥《みちのく》の戦いに餓えて人の肉を食って以来、鹿の生き角さえ裂くようになったという強力《ごうりき》の侍が、下に腹巻[101]を着こんだ様子で、太刀を鴎尻《かもめじり》[102]に佩《は》き反らせながら、御縁の下に厳しくつくばっていたことでございます。――それが皆、夜風に靡《なび》く灯の光で、あるいは明るくあるいは暗く、ほとんど夢現を分かたない気色で、なぜかものすごく見え渡っておりました。

　そのうえにまた、御庭に引き据えた檳榔毛の車が、高い車蓋にのっしりと闇を抑えて、牛はつけず黒い轅《ながえ》[103]を斜めに榻《しじ》[104]へかけながら、金物の黄金を星のように、ちらちら光らせているのを眺めますと、春とはいうもののなんとなく肌寒い気がいたします。もっともその車の内は、浮線綾《ふせんりょう》[105]の縁をとった青簾《あおすだれ》が、重く封じこめておりますから、輫《はこ》[106]には何がはいっているか分かりません。そうしてそのまわりには仕丁《じちょう》[107]たちが、手ん手に燃えさかる松明《たいまつ》を執って、煙が御縁の方へ靡くのを気にしながら、仔細《しさい》らしく控えております。

94 **遣水**　寝殿造りの庭園などで、水を引き入れて作った流れ。95 **五位鷺**　サギ科の鳥。体長六〇センチメートル。夜行性。96 **大殿油**　寝殿でともす灯火。97 **浅黄**　薄い黄色。98 **直衣**　平安時代の公家の男性の日常着。99 **指貫**　平安時代、公家の男性が着用した袴の一種。100 **円座**　わらなどで丸く編んだ敷物。101 **腹巻**　鎧の一種。102 **鴟尻**　鴟の尾が上に跳ね上がっているように、太刀の尻を上にそらせるように腰に差すこと。103 **轅**　牛車の車体に添えた二本の長い棒。104 **榻**　轅を乗せる台。105 **浮線綾**　浮き織りのあや織物。106 **輫**　車体。107 **仕丁**　雑役の男。

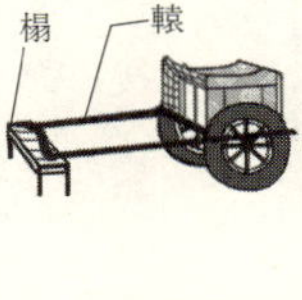

牛車

当の良秀はやや離れて、ちょうど御縁の真向かいに、ひざまずいておりましたが、これはいつもの香染めらしい狩衣に萎えた揉烏帽子を頂いて、星空の重みにおされたかと思うくらい、いつもよりはなお小さく、見すぼらしげに見えました。その後ろにまた一人同じような烏帽子狩衣のうずくまったのは、たぶん召し連れた弟子の一人ででもございましょうか。それがちょうど二人とも、遠いうす暗がりの中にうずくまっておりますので、私のいた御縁の下からは、狩衣の色さえ定かにはわかりません。

十七

時刻はかれこれ真夜中にも近かったでございましょう。林泉[108]をつつんだ闇がひっそりと声を飲んで、一同のする息をうかがっていると思う中には、ただかすかな夜風の渡る音がして、松明《まつ》の煙がその度に煤臭い匂いを送って参ります。大殿様はしばらく黙って、この不思議な景色をじっと眺めていらっしゃいましたが、やがて膝を御進めになりますと、

「良秀、」と、鋭く御呼びかけになりました。

良秀は何やら御返事をいたしたようでございますが、私の耳にはただ、唸《うな》るような声しか聞こえて参りません。

「良秀。今宵《こよい》はその方の望みどおり、車に火をかけて見せて遣わそう。」

大殿様はこうおっしゃって、御側の者たちの方を流し目に御覧になりました。そのとき何か大殿様と御側の誰彼との間には、意味ありげな微笑が交わされたようにも見うけましたが、これはあるいは私の気のせいかも分かりません。すると良秀は畏る畏る頭を挙げて御縁の上を仰いだらしゅうございますが、やはり何も申し上げずに控えております。

「よう見い。それは予が日頃乗る車じゃ。その方も覚えがあろう。予は――その車にこれから火をかけて、目のあたりに炎熱地獄を現ぜさせるつもりじゃが。」

大殿様はまたことばを御止めになって、御側の者たちにめくばせをなさいました。それから急に苦々しい御調子で、

「その中には罪人の女房が一人、縛《いまし》めたまま乗せてある。されば車に火をかけたら、

108　林泉　庭園の林や泉。

必定その女めは肉を焼き骨を焦がして、四苦八苦の最期を遂げるであろう。その方が屛風を仕上げるには、またとないよい手本じゃ。雪のような肌が燃え爛《ただ》れるのを見のがすな。黒髪が火の粉になって、舞い上がるさまもよう見ておけ。」

大殿様は三度口を御噤《つぐ》みになりましたが、何を御思いになったのか、今度はただ肩を揺すって、声も立てずに御笑いなさりながら、

「末代までもない観物《みもの》じゃ。予もここで見物しよう。それそれ、簾を揚《あ》げて、良秀に中の女を見せて遣わさぬか。」

仰せを聞くと仕丁の一人は、片手に松明の火を高くかざしながら、つかつかと車に近づくと、やにわに片手をさし伸ばして、簾をさらりと揚げて見せました。けたたましく音を立てて燃える松明の光は、一しきり赤くゆらぎながら、たちまち狭い輣の中を鮮やかに照らし出しましたが、輣《とこ》の上に惨《むご》らしく、鎖にかけられた女房は——ああ、誰か見違えをいたしましょう。きらびやかな繡《ぬい》のある桜の唐衣《からぎぬ》[109]にすべらかし[110]の黒髪が艶やかに垂れて、うちかたむいた黄金の釵子《さいし》[111]も美しく輝やいて見えましたが、身なりこそ違え、小造りな体つきは、猿轡《さるぐつわ》のかかった頸のあたりは、そうしてあの寂しいくらいつつましやかな横顔は、良秀の娘に相違ございません。私は危く叫び声を立てよ

うといたしました。

　そのときでございます。私と向かいあっていた侍は慌ただしく身を起こして、[112]柄頭《つかがしら》を片手に抑えながら、きっと良秀の方を睨《にら》みました。それに驚いて眺めますと、あの男はこの景色に、半ば正気を失ったのでございましょう。今まで下にうずくまっていたのが、急に飛び立ったと思いますと、両手を前へ伸ばしたまま、車の方へ思わず知らず走りかかろうといたしました。ただあいにく前にも申しました通り、遠い影の中におりますので、顔かたちははっきりと分かりません。しかしそう思ったのはほんの一瞬間で、色を失った良秀の顔は、いや、まるで何か目に見えない力が宙へ吊り上げたような良秀の姿は、たちまちうす暗がりを切り抜いてありありと眼前へ浮かび上がりました。娘を乗せた檳榔毛の車が、このとき、「火をかけい。」という大殿様のおことばと共に、仕丁たちが投げる松明の火を浴びて炎々と燃え上がったのでございます。

109 **唐衣**　平安時代の女性の衣服の一種。十二単《じゅうにひとえ》の一番上に重ねる着物。110 **すべらかし**　女性の髪型。髪を後ろに長く垂らしたもの。111 **釵子**　宮中で、女性が正装するときに、髪に挿すかんざしの一種。112 **柄頭**　刀の柄の先端部分。

十八

火は見る見るうちに、車蓋をつつみました。庇《ひさし》についた紫のふさが、煽《あお》られたようにさっとなびくと、その下から濛々《もうもう》と夜目にも白い煙が渦を巻いて、あるいは簾、あるいは袖、あるいは棟の金物が、一時に砕けて飛んだかと思うほど、火の粉が雨のように舞い上がる——そのすさまじさといったらございません。いや、それよりもめらめらと舌を吐いて袖格子にからみながら、半空《なかぞら》までも立ち昇る烈々とした炎の色は、まるで日輪が地に落ちて、天火がほとばしったようだとでも申しましょうか。前に危く叫ぼうとした私も、今は全く魂を消して、ただ茫然《ぼうぜん》と口を開きながら、この恐ろしい光景を見守るよりほかはございませんでした。しかし親の良秀は——。

良秀のそのときの顔つきは、今でも私は忘れません。思わず知らず車の方へ駆け寄ろうとしたあの男は、火が燃え上がると同時に、足を止めて、やはり手をさし伸ばしたまま、食い入るばかりの目つきをして、車をつつむ焔煙《えんえん》を吸いつけられたように眺めておりましたが、満身に浴びた火の光で、皺だらけな醜い顔は、髭《ひげ》の先までもよく見えます。が、その大きく見開いた目の中といい、引き歪《ゆが》めた唇のあたりといい、あるいはまた絶えず引きつっている頰の肉の震えといい、良秀の心にこもごも往来する恐れと悲しみと驚きとは、歴々と顔に描かれました。首をはねられる前の盗人でも、ないしは十王の庁へ引き出された、十逆五悪の罪人でも、ああまで苦しそうな顔はいたしますまい。これにはさすがにあの強力の侍でさえ、思わず色を変えて、畏る畏る大殿様の御顔を仰ぎました。

が、大殿様は固く唇を御嚙みになりながら、ときどき気味悪く御笑いになって、目も放さずじっと車の方を御見つめになっていらっしゃいます。そうしてその車の中には――ああ、私はそのとき、その車にどんな娘の姿を眺めたか、それを詳しく申し上げる勇気は、とうていあろうとも思われません。あの煙にむせんで仰向けた顔の白さ、炎をはらってふり乱れた髪の長さ、それからまた見る間に火と変わって行く、桜の唐衣の美しさ、――何というむごたらしい景色でございましたろう。ことに夜風がひとおろしして、煙が向こうへなびいたとき、赤い上に金粉をまいたような、炎の中から浮き上がって、猿轡を嚙みながら、縛《いまし》めの鎖も切れるばかり身悶えをした有り様は、地獄の業苦を目のあたりへ写し出したかと疑われて、私始め強力の侍までおのずと身の毛がよだちました。

するとその夜風がまた一渡り、御庭の木々の梢にさっと通う――と誰でも、思いましたろう。そういう音が暗い空を、どことも知らず走ったと思うと、たちまち何か黒いものが、地にもつかず宙にも飛ばず、鞠《まり》のように躍《おど》りながら、御所の屋根から火の燃えさかる車の中へ、一文字にとびました。そうして朱塗りのような袖格子が、ばらばらと焼け落ちる中に、のけ反った娘の肩を抱いて、[113]帛《きぬ》を裂くような鋭い声を、何ともいえず苦しそうに、長く煙の外へ飛ばせました。続いてまた、二声三声――私たちは我知らず、あっと同音に叫びました。[114]壁代《かべしろ》のような炎を後ろにして、娘の肩に縋《すが》っているのは、堀川の御邸に繋いであった、あの良秀とあだ名のある、猿だったのでございますから。

十九

が、猿の姿が見えたのは、ほんの一瞬間でございました。[115]金梨子地《きんなしじ》のような火の粉が一しきり、ぱっと空へ上ったかと思う中に、猿は元より娘の姿も、黒煙の底に隠されて、御庭のまん中にはただ、一両の火の車がすさまじい音を立てながら、燃えたぎっているばかりでございます。いや、火の車というよりも、あるいは火の柱といった方が、あの星空を衝いて煮え返る、恐ろしい火炎の有り様にはふさわしいかもしれません。

その火の柱を前にして、凝り固まったように立っている良秀は、——何という不思議なことでございましょう。あのさっきまで地獄の責苦に悩んでいたような良秀は、今はいいようのない輝きを、さながら恍惚《こうこつ》とした法悦[116]の輝きを、皺だらけな満面に浮かべながら、大殿様の御前も忘れたのか、両腕をしっかり胸に組んで、たたずんでいるではございませんか。それがどうもあの男の目の中には、娘の悶え死ぬ有り様が映っていないようなのでございます。ただ美しい火炎の色と、その中に苦しむ女人の姿とが、限りなく心を悦《よろこ》ばせる——そういう景色に見えました。

しかも不思議なのは、何もあの男が一人娘の断末魔を嬉しそうに眺めていた、それ

113 帛　絹の精美なもの。 114 壁代　宮殿などで、壁の代わりに御簾の内側に垂らすとばり。 115 金梨子地　蒔絵の一種。梨の実の表皮のような模様に金粉をほどこしたもの。 116 法悦　うっとりとした様子。仏の教えを聞いて、心に喜びがわいている様子。

ばかりではございません。そのときの良秀には、なぜか人間とは思われない、夢に見る獅子王《ししおう》の怒りに似た怪しげな厳かさがございました。でございますから不意の火の手に驚いて、鳴き騒ぎながら飛びまわる数の知れない夜鳥でさえ、気のせいか良秀の揉烏帽子のまわりへは、近づかなかったようでございます。おそらくは無心の鳥の目にも、あの男の頭の上に、円光のごとく懸かっている、不思議な威厳が見えたのでございましょう。

　鳥でさえそうでございます。まして私たちは仕丁までも、[117]皆息をひそめながら、身の内も震えるばかり、異様な随喜の心に充《み》ち満ちて、まるで開眼の仏でも見るように、目も離さず、良秀を見つめました。空一面に鳴り渡る車の火と、それに魂を奪われて、立ちすくんでいる良秀と――何という荘厳、何という歓喜でございましょう。が、その中でたった一人、御縁の上の大殿様だけは、まるで別人かと思われるほど、御顔の色も青ざめて、口元に泡を御ためになりながら、紫の指貫の膝を両手にしっかり御つかみになって、ちょうど喉の渇いた獣のようにあえぎつづけていらっしゃいました。

……

二十

その夜雪解の御所で、大殿様が車を御焼きになったことは、誰の口からともなく世上へもれましたが、それについてはずいぶんいろいろな批判をいたすものもおったようでございます。まず第一になぜ大殿様が良秀の娘を御焼き殺しなすったか、――これは、かなわぬ恋の恨みからなすったのだという噂が、一番多うございました。が、大殿様の思召しは、全く車を焼き人を殺してまでも、屏風の画を描こうとする絵師根性のよこしまなのを懲らすおつもりだったのに相違ございません。現に私は、大殿様が御口ずからそうおっしゃるのを伺ったことさえございます。

それからあの良秀が、目前で娘を焼き殺されながら、それでも屏風の画を描きたいというその木石《ぼくせき》のような心もちが、やはり何かとあげつらわれたようでございます。中にはあの男を罵って、画のために親子の情愛も忘れてしまう、人面獣心《にんめんじゅうしん》の曲者《くせもの》だな

117 **開眼の仏**　新しく造った仏像や仏画に目を入れて、魂を迎え入れること。

どと申すものもございました。あの横川の僧都様などは、こういう考えに味方をなすった御一人で、「いかに一芸一能に秀でようとも、人として五常[118]をわきまえねば、地獄に堕ちるほかはない。」などとおっしゃったものでございます。

　ところがその後一月ばかり経って、いよいよ地獄変の屏風が出来上がりますと、良秀はさっそくそれを御邸へ持って出て、恭しく大殿様の御覧に供えました。ちょうどそのときは僧都様も御居合わせになりましたが、屏風の画を一目御覧になりますと、さすがにあの一帖《いちじょう》の天地に吹き荒《すさ》んでいる火の嵐の恐ろしさに御驚きなすったのでございましょう。それまでは苦い顔をなさりながら、良秀の方をじろじろ睨めつけていらしったのが、思わず知らず膝を打って、「出かしおった。」とおっしゃいました。このことばを御聞きになって、大殿様が苦笑なすったときの御様子も、未だに私は忘れません。

　それ以来あの男を悪く言うものは、少なくとも御邸の中だけでは、ほとんど一人もいなくなりました。誰でもあの屏風を見るものは、いかに日頃良秀を憎く思っているにせよ、不思議に厳かな心もちに打たれて、炎熱地獄の大苦《だいく》艱《げん》を如実に感じるからでもございましょうか。

しかしそうなった時分には、良秀はもうこの世に無い人の数にはいっておりました。それも屏風の出来上がった次の夜に、自分の部屋の梁《はり》へ縄をかけて、縊《くび》れ死んだのでございます。一人娘を先立てたあの男は、おそらく安閑として生きながらえるのに堪えなかったのでございましょう。死骸は今でもあの男の家の跡に埋《うず》まっております。もっとも小さな標《しるし》の石は、その後何十年かの雨風に曝《さら》されて、とうの昔誰の墓とも知れないように、苔《こけ》むしているにちがいございません。

118 **五常**　人が常に守るべき、仁・義・礼・智・信の五つの道徳。

奉《ほう》教人《きようにん》の死《し》

発表——一九一八（大正七）年
高校国語教科書初出——一九九六（平成八）年
筑摩書房『新編　現代文』

たとい三百歳の齢《よわい》を保ち、楽しみ身に余ると言うとも、未来永々の果てしなき楽しみに比ぶれば、夢幻《ゆめまぼろし》のごとし。

―慶長訳 Guia do Pecador《ギヤドペカドル》[1]―

善の道に立ち入りたらん人は、御教《みおしえ》にこもる不可思議の甘味《かんみ》を覚ゆべし。

―慶長訳 Imitatione Christi《イミタテイオクリステイ》[2]―

一

1　Guia do Pecador　キリシタン版（日本イエズス会刊行の活字本）の一つ。スペインの修道士ルイス・デ・グラナダの著を抄訳したもので、一九五五年、長崎で刊行。信仰修養の書として広く読まれた。書名は「罪人の導き」の意。　2　Imitatione Christi　ドイツのトマス・ア・ケンピスの世界的名著。一四〇〇年代成立。慶長年間に日本で抄訳された。邦訳名は「キリストにならいて」。

去《さ》んぬる頃、日本長崎の[3]「さんた・るちや」と申す[4]「えけれしや」（寺院）に、「ろおれんぞ」と申すこの国の少年がござった。これはある年[5]御降誕の祭の夜、その「えけれしや」の戸口に、飢え疲れてうち伏しておったを、参詣の[6]奉教人衆が介抱し、それより[7]伴天連《ばてれん》の憐《あわれ》みにて、寺中に養われることと[8]なったげでござるが、なぜかその身の素性を問えば、故郷《ふるさと》は[9]「はらいそ」（天国）父の名は[10]「でうす」（天主）などと、いつもこともなげな笑みに[11]紛らいて、とんとまことは明かしたこともござない。なれど親の代から[12]「ぜんちょ」（異教徒）の輩《ともがら》であらなんだことだけは、手くびにかけた青玉の[13]「こんたつ」（念珠）を見ても、知れたと申す。されば伴天連はじめ、多くの[14]「いるまん」衆（法兄弟）も、よも怪しいものではござるまいとおぼされて、ねんごろに[15]扶持《ふじ》して置かれたが、その信心の堅固なは、幼いにも似ず[16]「すぺりおれす」（長老衆）が舌を捲《ま》くばかりであったれば、一同も「ろおれんぞ」は[17]天童の生まれがわりであろうずなどと申し、いずくの生まれ、たれの子とも知れぬものを、[19]無下《むげ》にめでいつくしんでおったげでござる。

してまたこの「ろおれんぞ」は、顔かたちが玉のように清らかであったに、声ざまも女のように優しかったれば、ひとしお人々のあわれみを惹《ひ》いたのでござろう。中でもこの国の「いるまん」に「しめおん」と申したは、「ろおれんぞ」を弟のようにもてなし、「えけれしや」の出入りにも、必ず仲よう手を組み合わせておった。この「しめおん」は、元さる大名に仕えた、槍《やり》[20]一筋の家柄なものじゃ。されば身の丈も抜群なに、性得《しょうとく》[21]の剛力であったによって、伴天連が「ぜんちょ」ばらの石瓦《いしがわら》にうたるるを、防いで進ぜたことも、一度二度の沙汰[22]ではござない。それが「ろおれんぞ」と睦《むつま》じゅうするさまは、とんと鳩《はと》になずむ荒鷲《あらわし》のようであったと申そうか。あるいは「ればの[23]ん」山の檜《ひのき》に、葡萄《えび》[24]かずらが纏《まと》いついて、花咲いたようであったとも申そうず。

さるほどに三年《みとせ》あまりの年月は、流るるようにすぎたによって、「ろおれんぞ」は

3 **さんた・るちや**　聖ルチア。聖人の名。　4 **えけれしあ**　［ラテン語］Ecclesia　5 **御降誕の祭**　クリスマス。　6 **奉教人**　キリスト教徒。　7 **伴天連**　［ポルトガル語］Padre キリスト教宣教師・神父の呼称。　8 **なったげでござるが**　なったそうでありますが。　9 **はらいそ**　［ポルトガル語］paraiso　10 **でうす**　キリスト教で創造主、神。［ポルトガル語］eus　11 **紛らいて**　紛らわせて。　12 **ぜんちょ**　［ポルトガル語］gentio　13 **こんたつ**　キリスト教信徒の用いる数珠。念珠は数珠のこと。［ポルトガル語］contas　14 **いるまん**　伴天連の次に位する宣教師。［ポルトガル語］irmao　15 **扶持**　助けること。　16 **すぺりおれす**　［ポルトガル語］superiores　17 **天童**　子どもの姿をした天使。　18 **あろうず**　あるのだろう。　19 **無下に**　むやみに。　20 **槍一筋の家柄**　従者に槍をもたせるほどの身分。武士としてしかるべき身分をいう。　21 **性得**　生まれつき。　22 **沙汰**　行い。　23 **「ればのん」山**　Lebanon 旧約聖書にしばしば見える現在のパレスチナの山の名。杉などの樹木のほか、種々の果実を産した。　24 **葡萄かずら**　ぶどう。

やがて元服[25]もすべき時節となった。したが[26]その頃怪しげな噂《うわさ》が伝わったと申すは、「さんた・るちや」から遠からぬ町方[27]の傘張りの娘が、「ろおれんぞ」と親しゅうするということじゃ。この傘張りの翁《おきな》も天主の御教えを奉ずる人ゆえ、娘ともども「えけれしや」へは参る慣《ならわし》であったに、御祈《おんいのり》の暇にも、娘は香炉をさげた「ろおれんぞ」の姿から、眼を離したと申すことがござない。まして「えけれしや」への出入りには、必ず髪かたちを美しゅうして、「ろおれんぞ」のいる方へ目づかいをするが定《じょう》であった。さればおのずと奉教人衆の人目にも止まり、娘が行きずりに「ろおれんぞ」の足を踏んだと言い出すものもあれば、二人が艶書《えんしょ》[28]をとりかわすをしかと見とどけたと申すものも、出てきたげでござる。

よって伴天連にも、すて置かれず思《おぼ》されたのでござろう。ある日「ろおれんぞ」を召されて、白ひげを噛《か》みながら、「その方、傘張りの娘ととかくの噂ある由を聞いたが、よもやまことではあるまい。どうじゃ。」ともの優しゅう尋ねられた。したが「ろおれんぞ」は、ただ憂わしげに頭を振って、「そのようなことは一向に存じようはずもござらぬ。」と、涙声に繰り返すばかりゆえ、伴天連もさすがに我を折られて、年配といい、日頃の信心といい、こうまで申すものに偽りはあるまいと思《おぼ》されたげでござる。

さて一応伴天連の疑いは晴れてじゃが、「さんた・るちや」へ参る人々の間では、容易に[29]とこうの沙汰が絶えそうもござない。されば兄弟同様にしておった「しめおん」の気がかりは、また人一倍じゃ。始めはかような淫らなことを、ものものしゅう詮議立てするが、おのれにも恥ずかしゅうて、[30]うちつけに尋ねようは元より、「ろおれんぞ」の顔さえ[31]まさかとは見られぬほどであったが、ある時「さんた・るちや」の後ろの庭で、「ろおれんぞ」へ宛てた娘の艶書を拾うたによって、人気ない部屋にいたを幸い、「ろおれんぞ」の前にその文をつきつけて、嚇《おど》しつ賺《すか》しつ、さまざまに問いただいた。なれど「ろおれんぞ」はただ、美しい顔を赤らめて、「娘は私に心を[32]寄せましたげでござれど、私は文を貰《もろ》うたばかり、とんと口を利いたこともござらぬ。」と申す。なれど世間のそしりもあることでござれば、「しめおん」はなおも押して問い詰《なじ》ったに、「ろおれんぞ」はわびしげな目で、じっと相手を見つめたと思えば、「私

25 **元服** 男子が成年になるときの儀式。一二歳から一五歳頃に行う。 26 **したが** だが。 27 **町方** 町人。 28 **艶書** 恋文。 29 **とこうの沙汰** とかくのうわさ。 30 **うちつけに** 無遠慮に。露骨に。 31 **まさかとは** 面と向かっては。 32 **寄せましたげでござれど** 寄せたそうですが。

はお主にさえ、嘘《うそ》をつきそうな人間に[33]見えるそうな。」と、咎《とが》めるように言い放って、とんと燕《つばくら》かなんぞのように、そのままつと部屋を出《た》って行ってしもうた。こう言われてみれば、「しめおん」も己の疑い深かったのが恥ずかしゅうもなったによって、すごすごその場を去ろうとしたに、いきなり駆けこんで来たは、少年の「ろおれんぞ」じゃ。それが飛びつくように「しめおん」のうなじを抱くと、あえぐように「私が悪かった。許して下されい。」と囁《ささや》いて、こなたが一言も答えぬ間に、涙に濡《ぬ》れた顔を隠そうためか、相手をつきのけるように身を開いて、一散にまた元来た方へ、走って往《い》んでしもうたと申す。さればその「私が悪かった。」と囁いたのも、娘と密通したのが悪かったと言うのやら、あるいは「しめおん」につれのうしたのが悪かったと言うのやら、[34]一円合点《がてん》のいたそうようがなかったとのことでござる。

するとその後間ものう起こったのは、その傘張りの娘がみごもったという騒ぎじゃ。しかも腹の子の父親は、「さんた・るちや」の「ろおれんぞ」じゃと、正《まさ》しゅう父の前で[35]申したげでござる。されば傘張りの翁は火のように憤って、即刻伴天連のもとへ委細を訴えに参った。こうなる上は「ろおれんぞ」も、[36]かつふつ言い訳のいたしようがござない。その日の中に伴天連を始め、「いるまん」衆一同の談合によって、[37]破門を申し渡されることになった。元より破門の沙汰がある上は、伴天連の手もとをも追い払われることでござれば、[38]糊口《ここう》のよすがに困るのも目前じゃ。したがかような罪人を、このまま「さんた・るちや」に止《とど》めておいては、[39]御主《おんあるじ》の[40]「ぐろおりや」（栄光）にもかかわることゆえ、日頃親しゅういたいた人々も、涙をのんで「ろおれんぞ」を追い払ったと申すことでござる。

　その中でも哀れをとどめたは、兄弟のようにしておった「しめおん」の身の上じゃ。これは「ろおれんぞ」が追い出されるという悲しさよりも、「ろおれんぞ」に欺かれたという腹立たしさが一倍ゆえ、あのいたいけな少年が、折からの凩《こがらし》が吹く中へ、しおしおと戸口を出かかったに、傍らから拳《こぶし》をふるうて、したたかその美しい顔を打った。「ろおれんぞ」は剛力に打たれたによって、思わずそこへ倒れたが、やがて起きあがると、涙ぐんだ目で、空を仰ぎながら、「御主も許させたまえ。『しめおん』は、おのが仕業もわきまえぬものでござる。」と、わななく声で祈ったと申すことじゃ。

33 見えるそうな　見えるらしい。 34 一円合点の　いっこうに納得の。全く承知の。 35 申したげでござる　申したそうです。 36 かつふつ　まったく。 37 破門　信徒を宗門から除名すること。 38 糊口のよすが　生計のよりどころ。 39 御主　イエス・キリスト。 40 ぐろおりや　［ポルトガル語］gloria

「しめおん」もこれには気が挫《くじ》けたのでござろう。しばらくはただ戸口に立って、拳を空にふるうておったが、そのほかの「いるまん」衆も、いろいろととりないたれば、それを機会《しお》に手を束《つか》ねて、嵐も[41]吹き出《い》でようず空のごとく、すさまじく顔を曇らせながら、すごすご「さんた・るちや」の門《かど》を出る「ろおれんぞ」の後ろ姿を、貪るようにきっと見送っておった。そのとき居合わせた奉教人衆の話を伝え聞けば、[42]時しも凩にゆらぐ日輪が、うなだれて歩む「ろおれんぞ」の頭のかなた、長崎の西の空に[43]沈もうず景色であったによって、あの少年のやさしい姿は、とんと一天の火炎の中に、立ちきわまったように見えたと申す。

その後の「ろおれんぞ」は、「さんた・るちや」の内陣に香炉をかざした昔とは打って変わって、町はずれの[44]非人小屋に[45]起き伏しする、[46]世にも哀れな乞食《こつじき》であった。ましてその前身は、「ぜんちょ」の輩にはえとりのようにさげしまるる、天主の御教えを奉ずるものじゃ。されば町を行けば、心ない童部《わらべ》に嘲らるるは元より、[47]刀杖瓦石《とうじょうがせき》の難に遭《お》うた事も、度々《どど》ござるげに聞き及んだ。いや、かつては、長崎の町にはびこった、恐ろしい熱病にとりつかれて、七日七夜の間、道ばたに伏しまろんでは、苦しみ悶《もだ》えたと申すこともござる。したが、「でうす」[48]無量無辺の御愛憐《ごあいれん》は、そのつど「ろおれんぞ」が一命を救わせたもうたのみか、[49]施物《せもつ》の米銭のない折々には、山の木《こ》の実《み》、海の魚介など、その日の糧を恵ませたもうのが常であった。よって「ろおれんぞ」も、朝夕の祈りは「さんた・るちや」にあった昔を忘れず、手くびにかけた「こんたつ」も、青玉の色を変えなかったと申すことじゃ。なんの、それのみか、夜ごとに[50]更闌《こうた》けて人音も静まる頃となれば、この少年はひそかに町はずれの非人小屋を脱け出《いだ》いて、月を踏んでは住み馴《な》れた「さんた・るちや」へ、御主「[51]ぜす・きりしと」の御加護を祈りまいらせに詣でておった。

なれど同じ「えけれしや」に詣ずる奉教人衆も、その頃とんと「ろおれんぞ」を疎んじはてて、伴天連はじめ、誰一人憐みをかくるものもござらなんだ。ことわりかな、破門の折から[52]所行無慚《むざん》の少年と思いこんでおったによって、なんとして夜ごとに、独

41 **吹き出でようず**　吹き出すであろう。42 **時しも**　まさにそのとき。43 **沈もうず**　沈もうとする。44 **非人小屋**　非人の住む小屋。「非人」は、近世封建社会では士農工商の下におかれ、厳しい差別を受けた階層。45 **えとり**　牛馬を殺して皮や肉を商う人。かつて差別を受けていた。46 **さげしまるる**　軽蔑される。47 **刀杖瓦石の難**　刀や杖でおびやかされたり、瓦や石を投げつけられたりする災難。48 **無量無辺**　かぎりない。はかりしれない。49 **施物**　僧や貧しい人に施す物品。50 **更闌けて**　夜が更けて。51 **ぜす・きりしと**　イエス・キリスト。［ポルトガル語］Jesu Christo　52 **所行無慚**　恥を知らぬ行い。

り「えけれしや」へ参るほどの、信心ものじゃとは知らりょうぞ。これも「でうす」が身に千万無量の御計らいの一つゆえ、[53]よしない儀とは申しながら、「ろおれんぞ」が身にとっては、いみじくもまた哀れなことでござった。

さるほどに、こなたはあの傘張りの娘じゃ。「ろおれんぞ」が破門されると間もなく、月も満たず女の子を産み落いたが、さすがにかたくなしい父の翁も、初孫《ういまご》の顔は憎からず思うたのでござろう、娘ともども大切に介抱して、自ら抱きもしかかえもし、時にはもてあそびの人形などもとらせたと申すことでござる。翁は元より[54]さもあろうずなれど、ここに稀有《けう》なは「いるまん」の「しめおん」じゃ。あの[55]「じゃぼ」（悪魔）をも拉《ひし》ごうず大男が、娘に子が産まれるや否や、暇《いとま》あるごとに傘張りの翁を訪れて、無骨な腕《かいな》に幼子を抱き上げては、にがにがしげな顔に涙を浮かべて、弟と愛《いつく》しんだ、[56]あえかな「ろおれんぞ」の優姿《やさすがた》を、思い慕っておったと申す。ただ、娘のみは、「さんた・るちや」を出でてこの方、絶えて「ろおれんぞ」が姿を見せぬのを、怨《うら》めしゅう歎《なげ》きわびた気色であったれば、「しめおん」の訪れるのさえ、何かと快からず思うげに見えた。

この国の諺《ことわざ》にも、[57]光陰に関守なしと申すとおり、とこうするほどに、一年《ひととせ》あまりの年月は、瞬くひまに過ぎたと思《おぼ》し召されい。ここに思いもよらぬ大変が起こったと申すは、一夜のうちに長崎の町の半ばを焼き払った、あの大火事のあったことじゃ。まことにその折の景色のすさまじさは、[58]末期の御裁判《おんさばき》の喇叭《らっぱ》の音が、一天の火の光をつんざいて、鳴り渡ったかと思われるばかり、世にも身の毛のよだつものでござった。そのとき、あの傘張りの翁の家は、運悪う風下にあったによって、見る見る炎に包まれたが、さて親子[59]眷族《けんぞく》、慌てふためいて、逃げ出《いだ》いてみれば、娘が産んだ女の子の姿が見えぬという始末じゃ。[60]一定《いちじょう》、一間《ひとま》どころに寝かいておいたを、忘れてここまで逃げのびたのであろうず。されば翁は足ずりをして罵りわめく。娘もまた、人に遮られずば、火の中へも馳《は》せ入って、助け出そう気色に見えた。なれど風はますます加わって、炎の舌は天上の星をも焦がそうず吼《たけ》りようじゃ。それゆえ火を救いに集まった町方の人々も、ただ、あれよあれよと立ち騒いで、狂気のような娘をとり鎮めるよりほ

53 **よしない儀**　しかたないこと。54 **さもあろうずなれど**　そうであろうが。55 **じゃぼ**　［ポルトガル語］diabo
56 **あえかな**　かよわいさま。57 **光陰に関守なし**　月日の過ぎゆくのをとめる、番人はいない。58 **末期の御裁判**　キリスト教でいう「最後の審判」のこと。この世の終わりに神が全人類を裁くとされる。59 **眷族**　親類。身内の者。60 **一定**　きっと。

かに、[61]せん方もまたあるまじい。ところへひとり、多くの人を押しわけて、駆けつけて参ったは、あの「いるまん」の「しめおん」でござる。これは矢玉の下もくぐったげな、逞《たくま》しい大丈夫でござれば、ありようを見るより早く、勇んで炎の中へ向こうたが、あまりの火勢に辟易《へきえき》いたいたのでござろう。二、三度煙をくぐったと見る間に、背《そびら》をめぐらして、一散に逃げ出いた。して翁と娘とが佇《たたず》んだ前へ来て、「これも『でうす』万事に[62]かなわせたもう御計らいの一つじゃ。詮《せん》ないこととあきらめられい。」と申す。そのとき翁の傍らから、誰とも知らず、高らかに「御主、助けたまえ。」と叫ぶものがござった。声ざまに聞き覚えもござれば、「しめおん」が頭《こうべ》をめぐらして、その声の主をきっと見れば、いかなこと、これは紛《まが》いもない「ろおれんぞ」じゃ。清らかに痩せ細った顔は、火の玉の光に赤うかがやいて、風に乱れる黒髪も、肩に余るげに思われたが、哀れにも美しい眉目《みめ》のかたちは、一目見てそれと知られた。その「ろおれんぞ」が、乞食の姿のまま、群がる人々の前に立って、目もはなたず燃えさかる家を眺めておる。と思うたのは、まことに瞬く間もないほどじゃ。ひとしきり炎を煽《あお》って、恐ろしい風が吹き渡ったと見れば、「ろおれんぞ」の姿はまっしぐらに、早くも火の柱、火の壁、火の梁《うつばり》の中に入っておった。「しめおん」は思わず遍身《へんしん》に汗を流いて、空高く「くるす」[63](十字)を描きながら、己も「御主、助けたまえ。」と叫んだが、なぜかそのとき心の目には、凩に揺るる日輪の光を浴びて、「さんた・るちや」の門に立ちきわまった、美しく悲しげな、「ろおれんぞ」の姿が浮かんだと申す。なれどあたりにおった奉教人衆は、「ろおれんぞ」が健気《けなげ》な振る舞いに驚きながらも、破戒[64]の昔を忘れかねたのでもござろう。たちまちとかくの批判は風に乗って、人どよめきの上を渡って参った。と申すは、「さすが親子の情あいは争われぬものと見えた。己《おの》が身の罪を恥じて、このあたりへは影も見せなんだ『ろおれんぞ』が、今こそ一人子の命を救おうとて、火の中へはいったぞよ。」と、誰ともなく罵りかわしたのでござる。これには翁さえ同心と覚えて、「ろおれんぞ」の姿を眺めてからは、怪しい心の騒ぎを隠そうずためか、立ちつ居つ身を悶えて、何やら愚かしいことのみを、声高《こわだか》にひとりわめいておった。なれど当の娘ばかりは、狂おしく大地に跪《ひざまず》いて、両の手で顔をうずめながら、一心不乱に祈誓《きせい》を凝らいて、身動きをする気色さえもござな

61 せん方もまたあるまじい　やりようもまた、ないようだ。　62 かなわせたもう　当てはめられた。　63 くるす　[ポルトガル語] cruz　64 破戒　戒律を破ること。

い。その空には火の粉が雨のように降りかかる。煙も地を掃《はら》って、面《おもて》を打った。したが娘は黙然と頭《こうべ》を垂れて、身も世も忘れた祈り三昧でござる。

とこうするほどに、再び火の前に群がった人々が、一度にどっとどよめくかと見れば、髪をふり乱いた「ろおれんぞ」が、もろ手に幼子をかい抱いて、乱れとぶ炎の中から、天くだるように姿を現いた。なれどそのとき、燃え尽きた梁の一つが、にわかに半ばから折れたのでござろう。すさまじい音と共に、一なだれの煙炎が半空《なかぞら》にほとばしったと思う間もなく、「ろおれんぞ」の姿ははたと見えずなって、跡にはただ火の柱が、珊瑚《さんご》のごとくそば立ったばかりでござる。

あまりの凶事に心も消えて、「しめおん」をはじめ翁まで、居あわせたほどの奉教人衆は、皆目の眩《くら》む思いがござった。中にも娘はけたたましゅう泣き叫んで、一度は脛《はぎ》もあらわに躍り立ったが、やがて雷《いかずち》に打たれた人のように、そのまま大地にひれふしたと申す。さもあらばあれ、ひれふした娘の手には、いつかあの幼い女の子が、生《しょう》死《じ》不定《ふじょう》の姿ながら、ひしと抱かれておったをいかにしようぞ。ああ、広大無辺なる「でうす」の御知慧《おんちえ》、御力は、なんとたたえ奉ることばだにござない。燃え崩れる梁に打たれながら、「ろおれんぞ」が必死の力をふりしぼって、こなたへ投げた幼子は、折よく娘の足もとへ、怪我《けが》もなくまろび落ちたのでござる。

されば娘が大地にひれ伏して、嬉《うれ》し涙にむせんだ声と共に、もろ手をさしあげて立った翁の口からは、「でうす」の御慈悲をほめ奉る声が、自《おのずか》らおごそかにあふれて参った。いや、まさにあふれようずけはいであったとも申そうか。それより先に「しめおん」は、さかまく火の嵐の中へ、「ろおれんぞ」を救おうず一念から、真一文字に躍りこんだによって、翁の声は再び気づかわしげな、いたましい祈りのことばとなって、夜空に高くあがったのでござる。これは元より翁のみではござない。親子を囲んだ奉教人衆は、皆一同に声をそろえて、「御主、助けたまえ。」と、泣く泣く祈りを捧げたのじゃ。して「びるぜん・まりや」[65]の御子《みこ》、なべての人の苦しみと悲しみとを己がもののごとくに見そなわす、われらが御主「ぜす・きりしと」は、ついにこの祈りを聞き入れたもうた。見られい、むごたらしゅう焼けただれた「ろおれんぞ」は、「しめおん」が腕に抱かれて、早くも火と煙とのただ中から、救い出されて参ったではないか。

65 びるぜん・まりや　処女マリア。イエスの母。［ポルトガル語］Virgem Maria

なれどその夜の大変は、これのみではござなんだ。息も絶え絶えな「ろおれんぞ」が、とりあえず奉教人衆の手に舁《か》かれて、風上にあったあの「えけれしや」の門へ横たえられたときのことじゃ。それまで幼子を胸に抱きしめて、涙にくれていた傘張りの娘は、折から門へ出でられた伴天連の足もとに跪くと、並み居る人々の目前で、「この女子《おなご》は『ろおれんぞ』様の種ではおじゃらぬ。まことは妾《わらわ》が家隣の『ぜんちよ』の子と密通して、もうけた娘でおじゃるわいの。」と、思いもよらぬ[66]「こひさん」（懺悔《ざんげ》）を仕《つかまつ》った。その思いつめた声ざまの震えと申し、その泣きぬれた双の目のかがやきと申し、この「こひさん」には、露ばかりの偽りさえ、あろうとは思われ申さぬ。道理《ことわり》かな、肩を並べた奉教人衆は、天を焦がす猛火も忘れて、息さえつかぬように声を飲んだ。

娘が涙をおさめて、申し次いだは、「妾は日頃『ろおれんぞ』様を恋い慕うておったなれど、御信心の堅固さからあまりにつれなくもてなされるゆえ、つい怨《うら》む心も出て、腹の子を『ろおれんぞ』様の種と申し偽り、妾に[67]つらかった口惜《くちお》しさを思い知らそうといたいたのでおじゃる。なれど『ろおれんぞ』様の御心《みこころ》の気高さは、妾が大罪をも憎ませたまわいで、今宵《こよい》は御身の危さをもうち忘れ、[68]『いんへるの』（地獄）にもまがう火炎の中から、妾が娘の一命をかたじけなくも救わせたもうた。その御憐《あわれ》み、御計らい、まことに御主『ぜす・きりしと』の再来かともおがまれ申す。さるにても妾が重々の極悪を思えば、この五体はたちまち『じゃぼ』の爪《つめ》にかかって、寸々に裂かれようとも、[69]なかなか怨むところはおじゃるまい。」娘は「こひさん」をいたいも果てず、大地に身を投げて泣き伏した。

二重《ふたえ》三重《みえ》に群がった奉教人衆の間から、「まるちり」[70](殉教)じゃ、「まるちり」じゃという声が、波のように起こったのは、ちょうどこのときのことでござる。殊勝にも「ろおれんぞ」は、罪人を憐む心から、御主「ぜす・きりしと」の御行跡を踏んで、乞食にまで身を落といた。して父と仰ぐ伴天連も、兄とたのむ「しめおん」も、皆その心を知らなんだ。これが「まるちり」でのうて、何でござろう。

したが、当の「ろおれんぞ」は、娘の「こひさん」を聞きながらも、わずかに二、三度頷《うなず》いてみせたばかり、髪は焼け肌は焦げて、手も足も動かぬ上に、口をきこう気

66 こひさん［ポルトガル語］confiao　67 つらかった　つめたかった。　68 いんへるの［ポルトガル語］inferno　69 なかなか怨むところはおじゃるまい　けっしてうらむことはございますまい。　70 まるちり「殉教」とは信仰のために命を捨てること。［ポルトガル語］Martirio

色さえも今は全く尽きたげでござる。娘の「こひさん」に胸を破った翁と「しめおん」とは、その枕[71]がみにうずくまって、何かと介抱をいたいておったが、「ろおれんぞ」の息は、刻々に短うなって、最期もはや遠くはあるまじい。ただ、日頃と変わらぬのは、はるかに天上を仰いでおる、星のような瞳《ひとみ》の色ばかりじゃ。

やがて娘の「こひさん」に耳をすまされた伴天連は、吹き荒《すさ》ぶ夜風に白ひげをなびかせながら、「さんた・るちや[72]」の門を後ろにして、おごそかに申されたは、「悔い改むるものは、幸せじゃ。何しにその幸いなものを、人間の手に罰しようぞ。これよりますます、『でうす』の御戒《おんいましめ》を身にしめて、心静かに末期の御裁判の日を待ったがよい。また『ろおれんぞ』がわが身の行儀を、御主『ぜす・きりしと』[73]とひとしくし奉ろうず志は、この国の奉教人衆の中にあっても、類稀《たぐいまれ》なる徳行でござる。別して少年の身とはいい——。」ああ、これはまた何としたことでござろうぞ。ここまで申された伴天連は、にわかにはたと口をつぐんで、あたかも「はらいそ」の光を望んだように、じっと足もとの「ろおれんぞ」の姿を見守られた。その恭しげな様子[74]はどうじゃ。その両の手のふるえざまも、尋常《よのつね》のことではござるまい。おう、伴天連のからびた頬の上には、とめどなく涙があふれ流れるぞよ。

見られい。「しめおん」。見られい。傘張りの翁。御主「ぜす・きりしと」の御血潮よりも赤い、火の光を一身に浴びて、声もなく「さんた・るちや」の門に横たわった、いみじくも美しい少年の胸には、焦げ破れた衣のひまから、清らかな二つの乳房が、玉のように露《あらわ》れておるではないか。今は焼けただれた面輪《おもわ》[75]にも、自《おのず》らなやさしさは、隠れようすべもあるまじい。おう、「ろおれんぞ」は女じゃ。「ろおれんぞ」は女じゃ。見られい。猛火を後ろにして、垣のようにたたずんでいる奉教人衆、邪淫の戒め[76]を破ったによって「さんた・るちや」を追われた「ろおれんぞ」は、傘張りの娘と同じ、目なざしのあでやかなこの国の女じゃ。

まことにその刹那の尊い恐ろしさは、あたかも「でうす」の御声が、星の光も見えぬ遠い空から、伝わってくるようであったと申す。されば「さんた・るちや」の前に居並んだ奉教人衆は、風に吹かれる穂麦のように、誰からともなく頭を垂れて、ことごとく「ろおれんぞ」のまわりにひざまずいた。その中で聞こえるものは、ただ、空

71 枕がみ　枕もと。72 何しに　どうして。なぜ。73 別して　とりわけ。74 からびた　水気のなくなった。ひからびた。75 面輪　顔。76 邪淫の戒め　妻・夫以外の者と通ずることを禁じたモーセ十戒の一つ。

をどよもして燃えしきる、万丈の炎の響きばかりでござる。いや、誰やらのすすり泣く声も聞こえたが、それは傘張りの娘でござろうか。あるいはまた自ら兄とも思うた、あの「いるまん」の「しめおん」でござろうか。やがてその寂寞《じやくまく》たるあたりをふるわせて、「ろおれんぞ」の上に高く手をかざしながら、伴天連の[77]御経《おんきよう》を誦《ず》せられる声が、おごそかに悲しく耳にはいった。して御経の声がやんだとき、「ろおれんぞ」と呼ばれた、この国のうら若い女は、まだ暗い夜のあなたに、「はらいそ」の「ぐろおりや」を仰ぎ見て、安らかなほほ笑みを唇に止《とど》めたまま、静かに息が絶えたのでござる。

その女の一生は、このほかに何一つ、知られなんだげに聞き及んだ。なれどそれが、何事でござろうぞ。なべて人の世の尊さは、何ものにもかえがたい、刹那の感動に極まるものじゃ。闇夜の海にも譬《たと》えようず煩悩心の空に[78]一波《いつぱ》をあげて、いまだ出《い》でぬ月の光を、水沫《みなわ》の中に捕えてこそ、生きてかいある命とも申そうず。されば「ろおれんぞ」が最期を知るものは、「ろおれんぞ」の一生を知るものではござるまいか。

二

予が所蔵に関《かか》る、長崎耶蘇会《やそかい》[79]出版の一書、題して「れげんだ・おうれあ」という。けだし、LEGENDA AUREA[80] の意なり。されど内容は必ずしも、西欧のいわゆる「黄金伝説」ならず。彼土《かのど》の使徒[81]聖人が言行を録すると共に、併《あわ》せて本邦西教徒[82]が勇猛精進の事蹟《じせき》をも採録し、もって福音伝道の一助たらしめんとせしもののごとし。

体裁は上下二巻、美濃紙《みのがみ》[83]摺《ずり》 草体《そうたい》[84]交《まじ》り平仮名文にして印刷甚だしく鮮明を欠き、活字なりや否やを明らかにせず。上巻の扉[85]には、羅甸字《ラテンじ》にて書名を横書きし、その下に漢字にて「御出世以来千五百九十六年、慶長二年[86]三月上旬鏤刻《るこく》[87]也《なり》」の二行を縦書きす。年代の左右には喇叭を吹ける天使の画像あり。技巧すこぶる幼稚なれども、また掬《きく》[88]すべき趣致[89]なしとせず。下巻も扉に「五月中旬鏤刻也」の句あるを除いては、全く上巻と異同なし。

---

77 **御経**　ここでは『聖書』のこと。78 **一波をあげて**　波紋を起こして。79 **耶蘇会**　イエズス会。カトリック教会の修道会。イグナティウス・デ・ロヨラによって一五三四年に結成された。80 **LEGENDA AUREA**　〔ラテン語〕「黄金の聖人伝」の意。81 **使徒**　イエス・キリストの弟子たち。82 **西教徒**　キリスト教徒。83 **美濃紙**　和紙の一種。丈夫で厚い。現在の岐阜県美濃市にあたる地域で多く作られた。84 **草体**　草書体。85 **扉**　書物の巻頭にあって、書名などが印刷されているページ。86 **慶長二年**　西暦一五九七年。87 **鏤刻**　彫りつけること。ここでは印刷の意。88 **掬す**　手にとって味わう。89 **趣致**　愛すべきおもむき。

両巻とも紙数は約六十ページにして、載《の》するところの黄金伝説は、上巻八章、下巻十章を数う。その他各巻の巻首に著者不明の序文および羅甸字を加えたる目次あり。序文は文章雅馴《がじゅん》[90]ならずして、間々《まま》欧文を直訳せるごとき語法を交え、一見その伴天連たる西人の手になりしやを疑わしむ。

以上採録したる「奉教人の死」は、該《その》「れげんだ・おうれあ」下巻第二章によるものにして、おそらくは当時長崎の一西教寺院に起こりし、事実の忠実なる記録ならんか。ただし、記事中の大火なるものは、「長崎港草《みなとぐさ》」[91]以下諸書に徴するも、その有無をすら明らかにせざるをもって、事実の正確なる年代に至っては、全くこれを決定するを得ず。

予は「奉教人の死」において、発表の必要上、多少の文飾をあえてしたり。もし原文の平易雅馴なる筆致にして、甚だしく毀損せらるることなからんか、予の幸甚とするところなりと云爾《しかいう》[92]。

90 **雅馴**　文章が上品で整っていること。　91 **長崎港草**　熊野正紹の著。一七九二年成立。長崎の故事来歴を記したもの。　92 **云爾**　文章の末尾などに置かれることばで、上述のとおり、の意。

舞《ぶ》踏《とう》会《かい》

発表——一九二〇（大正九）年
高校国語教科書初出——一九五八（昭和三三）年

角川書店『高等学校国語一総合』

一

明治十九年十一月三日[1]の夜であった。当時十七歳だった——家《け》の令嬢明子《あきこ》は、頭の禿《は》げた父親と一緒に、今夜の舞踏会が催さるべき鹿鳴館《ろくめいかん》[2]の階段を上って行った。明るいガス[3]の光に照らされた、幅の広い階段の両側には、ほとんど人工に近い大輪の菊の花が、三重の籬《まがき》[4]を造っていた。菊は一番奥のがうす紅、中ほどのが濃い黄色、一番前のがまっ白な花びらをふさのごとく乱しているのであった。そうしてその菊の籬の尽きるあたり、階段の上の舞踏室からは、もう陽気な管絃楽《かんげんがく》の音が、抑え難い幸福の吐息のように、休みなくあふれてくるのであった。

明子はつとにフランス語と舞踏との教育を受けていた。が、正式の舞踏会に臨むのは、今夜がまだ生まれて始めてであった。だから彼女は馬車の中でも、折々話しかけ

1 **十一月三日**　明治天皇の誕生日。　2 **鹿鳴館**　一八八三（明治一六）年、現在の東京都千代田区内幸町に建てられた洋館。国際的社交機関として利用され、欧化政策のシンボルとされた。　3 **ガス**　ガス灯。　4 **籬**　垣根。

る父親に、上の空の返事ばかり与えていた。それほど彼女の胸の中には、愉快なる不安とでも形容すべき、一種の落ち着かない心もちが根を張っていたのであった。彼女は馬車が鹿鳴館の前に止まるまで、何度いら立たしい目を挙げて、窓の外に流れて行く東京の町の乏しい灯火《ともしび》を、見つめたことだかしれなかった。

　が、鹿鳴館の中へはいると、間もなく彼女はその不安を忘れるような事件に遭遇した。というは階段のちょうど中ほどまで来かかったとき、二人は一足先に上って行く支那《しな》[5]の大官に追いついた。すると大官は肥満した体を開いて、二人を先へ通らせながら、あきれたような視線を明子へ投げた。初々しい薔薇《ばら》色の舞踏服、品好く首へかけた水色のリボン、それから濃い髪に匂っているたった一輪の薔薇の花——実際その夜の明子の姿は、この長い弁髪[6]を垂れた支那の大官の目を驚かすべく、開化の日本の少女の美を遺憾なくそなえていたのであった。と思うとまた階段を急ぎ足に下りて来た、若い燕尾服《えんびふく》[7]の日本人も、途中で二人にすれ違いながら、反射的にちょいと振り返って、やはりあきれたような一瞥《べつ》を明子の後ろ姿に浴びせかけた。それからなぜか思いついたように、白いネクタイへ手をやってみて、また菊の中を忙《いそが》わしく玄関の方へ下りて行った。

二人が階段を上り切ると、二階の舞踏室の入り口には、半白の頰鬚《ほおひげ》を蓄えた主人役の伯爵が、胸間に幾つかの勲章を帯びて、ルイ十五世[8]式の装いを凝らした年上の伯爵夫人と一緒に、大様《おおよう》に客を迎えていた。明子はこの伯爵でさえ、彼女の姿を見たときには、その老獪《ろうかい》らしい顔のどこかに、一瞬間無邪気な驚嘆の色が去来したのを見逃さなかった。人のいい明子の父親は、嬉しそうな微笑を浮かべながら、伯爵とその夫人とへ手短に娘を紹介した。彼女は羞恥と得意とをかわるがわる味わった。が、その暇にも権高[9]《けんだか》な伯爵夫人の顔だちに、一点下品な気があるのを感づくだけの余裕があった。

舞踏室の中にも至る所に、菊の花が美しく咲き乱れていた。そうしてまた至る所に、相手を待っている婦人たちのレースや花や象牙の扇が、爽やかな香水の匂いの中に、音のない波のごとく動いていた。明子はすぐに父親と別れて、そのきらびやかな婦人たちのある一団と一緒になった。それは皆同じような水色や薔薇色の舞踏服を着た、

5 **支那** 中国。日本において、第二次世界大戦末まで一般的呼称として用いられた。6 **弁髪** 清国の男子の髪型。髪を編んで、後ろに長く垂らす。7 **燕尾服** 男性の礼服の一種。上着のすそが燕の尾のように分かれている。
8 **ルイ十五世** フランス国王。一七一〇—七四年。その治世下で曲線や渦巻きを多用した優美なロココ調の装飾が流行した。9 **権高** 気位が高く、傲慢な様子。

同年輩らしい少女であった。彼らは彼女を迎えると、小鳥のようにさざめき立って、口々に今夜の彼女の姿が美しいことを褒めたてたりした。

が、彼女がその仲間へはいるや否や、見知らないフランスの海軍将校が、どこからか静かに歩み寄った。そうして両腕を垂れたまま、丁寧に日本風の会釈をした。明子はかすかながら血の色が、頬に上ってくるのを意識した。しかしその会釈が何を意味するかは、問うまでもなく明らかだった。だから彼女は手にしていた扇を預かってもらうべく、隣に立っている水色の舞踏服の令嬢をふり返った。と同時に意外にも、そのフランスの海軍将校は、ちらりと頬に微笑の影を浮かべながら、異様なアクサン[10]を帯びた日本語で、はっきりと彼女にこう言った。

「一緒に踊ってはくださいませんか。」

間もなく明子は、そのフランスの海軍将校と、「美しく青きダニューブ」[11]のヴァルス[12]を踊っていた。相手の将校は、頬の日に焼けた、目鼻立ちの鮮やかな、濃い口髭《くちひげ》のある男であった。彼女はその相手の軍服の左の肩に、長い手袋をはめた手を預くべく、余りに背が低かった。が、場馴れている海軍将校は、巧みに彼女をあしらって、軽々と群集の中を舞い歩いた。そうして時々彼女の耳に、愛想のいいフランス語の御世辞さえもささやいた。

彼女はその優しい言葉に、恥ずかしそうな微笑を報いながら、時々彼らが踊っている舞踏室の周囲へ目を投げた。皇室の御紋章を染め抜いた紫[13]縮緬《ちりめん》の幔幕《まんまく》や、爪を張った[14]蒼竜《そうりゆう》が身をうねらせている支那の国旗の下には、花瓶花瓶の菊の花が、あるいは軽快な銀色を、あるいは陰鬱な金色を、人波の間にちらつかせていた。しかもその人波は、[15]シャンパニエのようにわき立ってくる、花々しいドイツ管絃楽の旋律の風にあおられて、しばらくも目まぐるしい動揺をやめなかった。明子はやはり踊っている友達の一人と目を合わすと、互いに愉快そうなうなずきをせわしい中に送り合った。が、その瞬間には、もう違った踊り手が、まるで大きな蛾《が》が狂うように、どこからかそこへ現れていた。

しかし明子はその間にも、相手のフランス海軍将校の目が、彼女の一挙一動に注

10 **アクサン**　アクセント。［フランス語］accent　11 **美しく青きダニューブ**　オーストリアの作曲家ヨハン＝シュトラウス（一八二五―九九年）作曲のワルツ。　12 **ヴァルス**　ワルツ。［フランス語］valse　13 **縮緬**　表面に細かいしぼのある絹織物。　14 **蒼竜**　青い竜。清国の国旗の柄。　15 **シャンパニエ**　シャンパン。［フランス語］champagne

意しているのを知っていた。それは全くこの日本に慣れない外国人が、いかに彼女の快活な舞踏ぶりに、興味があったかを語るものであった。こんな美しい令嬢も、やはり紙と竹との家の中に、人形のごとく住んでいるのであろうか。そうして細い金属の箸で、青い花の描いてある手のひらほどの茶碗から、米粒を挟んで食べているのであろうか。——彼の目の中にはこういう疑問が、何度も人懐かしい微笑とともに往来するようであった。明子にはそれがおかしくもあれば、同時にまた誇らしくもあった。だから彼女の華奢《きやしや》な薔薇色の踊り靴は、物珍しそうな相手の視線がおりおり足もとへ落ちるたびに、一層身軽く滑らかな床の上をすべって行くのであった。

が、やがて相手の将校は、この子猫のような令嬢の疲れたらしいのに気がついたとみえて、いたわるように顔をのぞきこみながら、

「もっと続けて踊りましょうか。」

「[16]ノン・メルシイ。」

明子は息をはずませながら、今度ははっきりとこう答えた。

するとそのフランスの海軍将校は、まだヴァルスの歩みを続けながら、前後左右に動いているレースや花の波を縫って、壁側の花瓶の菊の方へ、悠々と彼女を連れて行

った。そうして最後の一回転の後、そこにあった椅子の上へ、鮮やかに彼女を掛けさせると、自分はいったん軍服の胸を張って、それからまた前のように恭しく日本風の会釈をした。

その後またポルカ[17]やマズユルカ[18]を踊ってから、明子はこのフランスの海軍将校と腕を組んで、白と黄とうす紅と三重の菊の籬の間を、階下の広い部屋へ下りて行った。

ここには燕尾服や白い肩がしっきりなく去来する中に、銀やガラスの食器類に覆われた幾つかの食卓が、あるいは肉と松露《しょうろ》[19]との山を盛り上げたり、あるいはサンドウイッチとアイスクリームとの塔を聳立《そばだ》てたり、あるいはまた柘榴《ざくろ》と無花果《いちじく》との三角塔を築いたりしていた。ことに菊の花が埋《うず》め残した、部屋の一方の壁上には、巧みな人工の葡萄蔓《ぶどうづる》が青々とからみついている、美しい金色の格子があった。そうしてその葡萄の葉の間には、蜂の巣のような葡萄の房が、累々と紫に下がっていた。明子はその金

16 ノン・メルシイ　いいえ、結構です。［フランス語］Non, merci.　17 ポルカ　四分の二拍子の舞踏曲。［フランス語］polka　18 マズユルカ　四分の三、または八分の三拍子の舞踏曲。［フランス語］mazurka　19 松露　食用キノコの一種。

ワットー「アイリス、ダンスには少し早いね」1719–20年頃

色の格子の前に、頭の禿げた彼女の父親が、同年輩の紳士と並んで、葉巻きをくわえているのに会った。父親は明子の姿を見ると、満足そうにちょいとうなずいたが、それぎり連れの方を向いて、また葉巻きをくゆらせ始めた。

フランスの海軍将校は、明子と食卓の一つへ行って、一緒にアイスクリームの匙《さじ》を取った。彼女はその間も相手の目が、おりおり彼女の手や髪や水色のリボンを掛けた首へ注がれているのに気がついた。それはもちろん彼女にとって、不快なことでも何でもなかった。が、ある刹那には女らしい疑いもひらめかずにはいられなかった。そこで黒いビロードの胸に赤い椿《つばき》の花をつけた、ドイツ人らしい若い女が二人の傍らを通ったとき、彼女はその疑いをほのめかせるために、こういう感歎《かんたん》の言葉を発明した。

「西洋の女の方はほんとうに御美しゅうございますこと。」

海軍将校はこの言葉を聞くと、思いのほか真面目に首を振った。

「日本の女の方も美しいです。ことにあなたなぞは——」

「そんなことはございませんわ。」

「いえ、御世辞ではありません。そのまますぐにパリーの舞踏会へも出られます。そうしたらみんなが驚くでしょう。ワットー[20]の絵の中の御姫様のようですから。」

明子はワットーを知らなかった。だから海軍将校の言葉が呼び起こした、美しい過去の幻も——ほの暗い森の噴水とすがれて行く薔薇との幻も、一瞬の後には名残なく消え失《う》せてしまわなければならなかった。が、人一倍感じの鋭い彼女は、アイスクリームの匙を動かしながら、わずかにもう一つ残っている話題に縋《すが》ることを忘れなかった。

「私もパリーの舞踏会へ参ってみとうございますわ。」

「いえ、パリーの舞踏会もまったくこれと同じことです。」

20 ワットー Jean Antoine Watteau（一六八四—一七二一年）。フランスの画家。

海軍将校はこう言いながら、二人の食卓をめぐっている人波と菊の花とを見回したが、たちまち皮肉な微笑の波が瞳の底に動いたと思うと、アイスクリームの匙をやめて、

「パリーばかりではありません。舞踏会はどこでも同じことです。」と半ば独りごとのようにつけ加えた。

一時間の後、明子とフランスの海軍将校とは、やはり腕を組んだまま、大勢の日本人や外国人と一緒に舞踏室の外にある星月夜の露台[21]にたたずんでいた。

欄干一つ隔てた露台の向こうには、広い庭園を埋《うず》めた針葉樹が、ひっそりと枝を交し合って、その梢《こずえ》に点々と鬼灯提灯《ほおずきぢょうちん》[22]の火を透かしていた。しかも冷やかな空気の底には、下の庭園から上ってくる苔《こけ》の匂いや落ち葉の匂いが、かすかに寂しい秋の呼吸を漂わせているようであった。が、すぐ後ろの舞踏室では、やはりレースや花の波が、十六菊[23]を染め抜いた紫縮緬の幕の下に、休みない動揺を続けていた。そうしてまた調子の高い管絃楽のつむじ風が、あいかわらずその人間の海の上へ、ようしゃもなく鞭を加えていた。

もちろんこの露台の上からも、絶えず賑やかな話し声や笑い声が夜気を揺すっていた。まして暗い針葉樹の空に美しい花火があがるときには、ほとんど人どよめきにも近い音が、一同の口から洩《も》れたこともあった。その中に交じって立っていた明子も、そこにいた懇意の令嬢たちとは、さっきから気軽な雑談を交換していた。が、やがて気がついてみると、あのフランスの海軍将校は、明子に腕を借したまま、庭園の上の星月夜へ黙然と目を注いでいた。彼女にはそれがなんとなく、郷愁でも感じているように見えた。そこで明子は彼の顔をそっと下からのぞきこんで、

「御国のことを思っていらっしゃるのでしょう。」と半ば甘えるように尋ねてみた。

すると海軍将校はあいかわらず微笑を含んだ目で、静かに明子の方へ振り返った。そうして「ノン」[24]と答えるかわりに、子供のように首を振ってみせた。

「でもなにか考えていらっしゃるようでございますわ。」

「なんだか当てて御覧なさい。」

21 露台　バルコニー。ベランダ。　22 鬼灯提灯　ほおずきの実のような赤い小さな球形のちょうちん。　23 十六菊　皇室の紋章。花びらが一六枚ある菊の花。　24 ノン　いいえ。［フランス語］ non

そのとき露台に集まっていた人々の間には、またひとしきり風のようなざわめく音が起こり出した。明子と海軍将校とは言い合わせたように話をやめて、庭園の針葉樹を圧している夜空の方へ目をやった。そこにはちょうど赤と青との花火が、蜘蛛手《くもで》[25]に闇を弾きながら、まさに消えようとするところであった。明子にはなぜかその花火が、ほとんど悲しい気を起こさせるほどそれほど美しく思われた。

「私は花火のことを考えていたのです。我々の生《ヴィ》のような花火のことを。」

しばらくしてフランスの海軍将校は、優しく明子の顔を見下ろしながら、教えるような調子でこう言った。

二

大正七年の秋であった。当年[26]の明子は鎌倉の別荘へ赴く途中、一面識のある青年の小説家と、偶然汽車の中で一緒になった。青年はそのとき網棚の上に、鎌倉の知人へ贈るべき菊の花束を載せておいた。すると当年の明子――今のH老夫人は、菊の花を見るたびに思い出す話があると言って、詳しく彼に鹿鳴館の舞踏会の思い出を話して聞かせた。青年はこの人自身の口からこういう思い出を聞くことに、多大の興味を感ぜずにはいられなかった。

その話が終わったとき、青年はH老夫人に何気なくこういう質問をした。

「奥様はそのフランスの海軍将校の名を御存知ではございませんか。」

するとH老夫人は思いがけない返事をした。

「存じておりますとも。Julien Viaud[27] とおっしゃる方でございました。」

「では Loti[28] だったのでございますね。あの『お菊夫人』を書いたピエル・ロティだったのでございますね。」

青年は愉快な興奮を感じた。が、H老夫人は不思議そうに青年の顔を見ながら何度もこうつぶやくばかりであった。

「いえ、ロティとおっしゃる方ではございませんよ。ジュリアン・ヴィオとおっしゃる方でございますよ。」

---

25 **蜘蛛手**　蜘蛛が脚を広げたような形。26 **当年**　その年。27 **Julien Viaud**　ピエール・ロティの本名。
28 **Loti**　Pierre Loti（一八五〇―一九二三年）。フランスの軍人、小説家。一八八六（明治一九）年に日本を訪問、滞在し、鹿鳴館の舞踏会にも出席した。主な小説に『お菊さん』などがある。

藪《やぶ》の中《なか》

発表——一九二二（大正一一）年
高校国語教科書初出——一九八三（昭和五八）年
三省堂『新国語2』

検非違使《けびいし》[1]に問われたる木樵《きこ》りの物語

さようでございます。あの死骸《しがい》を見つけたのは、わたしに違いございません。わたしは今朝いつもの通り、裏山の杉を伐《き》りに参りました。すると山陰《やまかげ》の藪の中に、あの死骸があったのでございます。あった所でございますか？　それは山科《やましな》[2]の駅路からは、四、五町[3]ほど隔たっておりましょう。竹の中に痩せ杉の交じった、人気《ひとけ》のない所でございます。

死骸は縹《はなだ》[4]の水干《すいかん》[5]に、都風の[6]さび烏帽子《えぼし》をかぶったまま、仰向けに倒れておりました。何しろ一刀《ひとかたな》とは申すものの、胸もとの突き傷でございますから、死骸のまわりの竹の落ち葉は、蘇芳《すおう》[7]にしみたようでございます。いえ、血はもう流れてはおりません。傷口も乾いておったようでございます。おまけにそこには、馬蠅《うまばえ》[8]が一匹、わたしの足音

1 **検非違使** 平安時代、京の警察権・裁判権をつかさどった役所。 2 **山科** 現在の京都市東部の地域。 3 **町** 一町は約一〇九メートル。 4 **縹** 薄い藍色。 5 **水干** 平安時代、下級官僚や民間人が着用した衣服の一種。 6 **さび烏帽子** しわのある烏帽子。 7 **蘇芳** 黒みを帯びた赤色。 8 **馬蠅** ハエの一種。馬の毛に産卵する。

も聞こえないように、べったり食いついておりましたっけ。

太刀《たち》か何かは見えなかったか？　いえ、何もございません。ただその側の杉の根がたに、縄が一筋落ちておりました。それから、――そうそう、縄のほかにも櫛《くし》が一つございました。死骸のまわりにあったものは、この二つぎりでございます。が、草や竹の落葉は、一面に踏み荒されておりましたから、きっとあの男は殺される前に、よほど手痛い働きでもいたしたのに違いございません。なに、馬はいなかったか？　あそこは一体馬なぞには、はいれない所でございます。何しろ馬の通う路《みち》とは、藪一つ隔たっておりますから。

検非違使に問われたる旅法師の物語

あの死骸の男には、確かに昨日会っております。昨日の、――さあ、昼頃でございましょう。場所は関山《せきやま》[9]から山科へ、参ろうという途中でございます。あの男は馬に乗った女といっしょに、関山の方へ歩いて参りました。女は牟子《むし》[10]を垂れておりましたから、顔はわたしにはわかりません。見えたのはただ萩重《はぎがさ》[11]ねらしい、衣《きぬ》の色ばかりでご

ざいます。馬は月毛《つきげ》[12]の、——確か法師髪[13]の馬のようでございました。丈《たけ》でございます
か？　丈は四寸《よき》[14]もございましたか？——何しろ沙門《しゃもん》[15]のことでございますから、その辺ははっきり存じません。男は、——いえ、太刀も帯びておれば、弓矢も携えておりました。ことに黒い塗り箙《えびら》[16]へ、二十あまり征矢《そや》[17]をさしたのは、ただ今でもはっきり覚えております。

あの男がかようになろうとは、夢にも思わずにおりましたが、まことに人間の命なぞは、如露亦如電《にょろやくにょでん》[18]に違いございません。やれやれ、なんとも申しようのない、気の毒なことをいたしました。

9 **関山**　逢坂山《おうさか》。滋賀県大津市と京都市の境界にある山。　10 **牟子**　女性が外出する際、笠《かさ》のまわりに長く垂らした薄い布。　11 **萩重ね**　合わせの着物で、表地に蘇芳色、裏地に青を用いた、秋に着用する色味。　12 **月毛**　馬の毛色で、少し赤みがかった茶色。　13 **法師髪**　馬のたて髪を短く刈ったもの。　14 **四寸**　「寸《き》」は馬の体長を計るのに用いる語。四尺（約一・二一メートル）を基準とし、四尺に一寸（約三・〇三センチメートル）を一寸《ひとき》、四尺四寸あれば四《よ》寸《き》（約一・三三メートル）と呼んだ。　15 **沙門**　僧侶。　16 **箙**　矢を入れて背負う道具。　17 **征矢**　戦闘用の矢。　18 **如露亦如電**　生命は露のようにはかなく稲妻《いなづま》のように一瞬にして消え去る。人生のはかなさをたとえていう。

牟子

箙

検非違使に問われたる放免《ほうめん》[19]の物語

わたしがからめ取った男でございますか？　これは確かに多襄丸《たじょうまる》という、名高い盗人《ぬすびと》でございます。もっともわたしがからめ取ったときには、馬から落ちたのでございましょう、[20]粟田口《あわたぐち》の石橋の上に、うんうん呻《うな》っておりました。時刻でございますか？　時刻は昨夜の[21]初更《しょこう》頃でございます。いつぞやわたしが捕え損じたときにも、やはりこの紺の水干に、[22]打ち出しの太刀を佩《は》いておりました。ただ今はそのほかにも御覧のとおり、弓矢の類さえ携えております。さようでございますか？　あの死骸の男が持っていたのも、――では人殺しを働いたのは、この多襄丸に違いございません。革を巻いた弓、黒塗りの箙、鷹《たか》の羽の征矢が十七本、――これは皆、あの男が持っていたものでございましょう。はい。馬もおっしゃる通り、法師髪の月毛でございます。その畜生に落とされるとは、何かの因縁《いんねん》に違いございません。それは石橋の少し先に、長い[23]端綱《はづな》を引いたまま、路ばたの青すすきを食っておりました。

この多襄丸というやつは、洛中《らくちゅう》に徘徊《はいかい》する盗人の中でも、女好きのやつでございます。昨年の秋鳥部《とりべ》寺《でら》[24]の賓頭盧《びんずる》[25]の後ろの山に、物詣《ものもう》でに来たらしい女房が一人、女《め》の童《わらわ》といっしょに殺されていたのは、こいつの仕業《しわざ》だとか申しておりました。その月毛に乗っていた女も、こいつがあの男を殺したとなれば、どこへどうしたかわかりません。差し出がましゅうございますが、それも御詮議《ごせんぎ》くださいまし。

検非違使に問われたる媼《おうな》の物語

はい、あの死骸は手前の娘が、片づいた男でございます。が、都のものではございません。若狭《わかさ》[26]の国府の侍でございます。名は金沢の武弘《たけひろ》、年は二十六歳でございました。いえ、優しい気立てでございますから、遺恨なぞ受けるはずはございません。

娘でございますか？　娘の名は真砂《まさご》、年は十九歳でございます。これは男にも劣ら

19 放免　平安時代に、京都の犯罪・風俗を取り締まる警察業務を請け負った検非違使の庁に使われた下級官。軽い罪の者の刑を免じて使った。　20 粟田口　現在の京都市東山区の地名。　21 初更　午後七時から九時ごろの時刻。　22 打ち出しの太刀　金銀を打ちのばした薄い板で包んだ太刀。　23 端綱　馬の口につけて引く綱。　24 鳥部寺　京都市東山区の鳥部野にあった寺。　25 賓頭盧　十六羅漢の一人。釈迦の弟子。日本では、この像の自分が病んでいるところと同じ部分をなでると病気が治ると信じられてきた。　26 若狭　旧国名の一つ。現在の福井県南西部。

ぬくらい、勝気の女でございますが、まだ一度も武弘のほかには、男を持ったことはございません。顔は色の浅黒い、左の目尻にほくろのある、小さい瓜実顔《うりざねがお》でございます。

武弘は昨日娘といっしょに、若狭へ立ったのでございますが、こんなことになりますとは、何という因果《いんが》でございましょう。しかし娘はどうなりましたやら、婿のことはあきらめましても、これだけは心配でなりません。どうかこの姥《うば》が一生のお願いでございますから、たとい草木を分けましても、娘の行方をお尋ねくださいまし。何にいたせ憎いのは、その多襄丸とかなんとか申す、盗人のやつでございます。婿ばかりか、娘までも……（あとは泣き入りてことばなし）。

×　　　×　　　×

多襄丸の白状

あの男を殺したのはわたしです。しかし女は殺しはしません。ではどこへ行ったのか？　それはわたしにもわからないのです。まあ、お待ちなさい。いくら拷問にかけられても、知らないことは申されますまい。そのうえわたしもこうなれば、卑怯《ひきょう》な隠し立てはしないつもりです。

わたしは昨日の昼少し過ぎ、あの夫婦に出会いました。そのとき風の吹いた拍子に、牟子の垂れ絹が上がったものですから、ちらりと女の顔が見えたのです。ちらりと、――見えたと思う瞬間には、もう見えなくなったのですが、一つにはそのためもあったのでしょう、わたしにはあの女の顔が、女菩薩《にょぼさつ》のように見えたのです。わたしはそのとっさの間に、たとい男は殺しても、女は奪おうと決心しました。

なに、男を殺すなぞは、あなた方の思っているように、大したことではありません。どうせ女を奪うとなれば、必ず、男は殺されるのです。ただわたしは殺すときに、腰の太刀を使うのですが、あなた方は太刀は使わない、ただ権力で殺す、金で殺す、どうかするとおためごかしのことばだけでも殺すでしょう。なるほど血は流れない、男は立派に生きている、――しかしそれでも殺したのです。罪の深さを考えて見れば、あなた方が悪いか、わたしが悪いか、どちらが悪いかわかりません。（皮肉なる微笑）。

しかし男を殺さずとも、女を奪うことができれば、別に不足はないわけです。いや、そのときの心もちでは、できるだけ男を殺さずに、女を奪おうと決心したのです。が、あの山科の駅路では、とてもそんなことはできません。そこでわたしは山の中へ、あの夫婦をつれこむ工夫をしました。

　これも造作はありません。わたしはあの夫婦と道づれになると、向こうの山には古《ふる》塚《づか》がある、この古塚をあばいてみたら、鏡や太刀がたくさん出た、わたしは誰も知らないように、山の陰の藪の中へ、そういう物を埋《うず》めてある、もし望み手があるならば、どれでも安い値に売り渡したい、――という話をしたのです。男はいつかわたしの話に、だんだん心を動かし始めました。それから、――どうです。欲というものは恐ろしいではありませんか？　それから[27]半時《はんとき》もたたない内に、あの夫婦はわたしといっしょに、山路へ馬を向けていたのです。

　わたしは藪の前へ来ると、宝はこの中に埋めてある、見に来てくれといいました。男は欲に渇いていますから、異存のあるはずはありません。が、女は馬も下りずに、待っているというのです。またあの藪の茂っているのを見ては、そういうのも無理はありますまい。わたしはこれも実をいえば、思う壺《つぼ》にはまったのですから、女一人を残したまま、男と藪の中へはいりました。

　藪はしばらくの間は竹ばかりです。が、半町ほど行った所に、やや開いた杉むらがある、——わたしの仕事をしとげるのには、これほど都合のいい場所はありません。わたしは藪を押し分けながら、宝は杉の下に埋めてあると、もっともらしい嘘《うそ》をつきました。男はわたしにそう言われると、もう痩せ杉が透いて見える方へ、一生懸命に進んで行きます。その内に竹がまばらになると、何本も杉が並んでいる、——わたしはそこへ来るが早いか、いきなり相手を組み伏せました。男も太刀を佩《は》いているだけに、力は相当にあったようですが、不意を打たれてはたまりません。たちまち一本の杉の根がたへ、くくりつけられてしまいました。縄ですか？　縄は盗人のありがたさに、いつ塀を越えるかわかりませんから、ちゃんと腰につけていたのです。もちろん声を出させないためにも、竹の落ち葉を頬張らせれば、ほかに面倒はありません。

わたしは男を片づけてしまうと、今度はまた女の所へ、男が急病を起こしたらしいから、見に来てくれと言いに行きました。これも図星に当たったのは、申し上げるまでもありますまい。女は[28]市女笠《いちめがさ》を脱いだまま、わたしに手をとられながら、藪の奥へはいって来ました。ところがそこへ来てみると、男は杉の根に縛られている、——女

27 **半時**　約一時間。　28 **市女笠**　中央が高く縁が広い菅笠。もともと市女（市でものを売る女）が用いた。

はそれを一目見るなり、いつのまに懐から出していたか、きらりと小刀《さすが》[29]を引き抜きました。わたしはまだ今までに、あのくらい気性の激しい女は、一人も見たことがありません。もしそのときでも油断していたらば、一突きに脾腹《ひばら》[30]を突かれたでしょう。いや、それは身をかわしたところが、無二無三に斬《き》り立てられる内には、どんな怪我もしかねなかったのです。が、わたしも多襄丸ですから、どうにかこうにか太刀も抜かずに、とうとう小刀を打ち落としました。いくら気の勝った女でも、得物《えもの》がなければ仕方がありません。わたしはとうとう思い通り、男の命は取らずとも、女を手に入れることはできたのです。

　男の命は取らずとも、——そうです。わたしはそのうえにも、男を殺すつもりはなかったのです。ところが泣き伏した女を後に、藪の外へ逃げようとすると、女は突然わたしの腕へ、気違いのようにすがりつきました。しかも切れ切れに叫ぶのを聞けば、あなたが死ぬか夫が死ぬか、どちらか一人死んでくれ、二人の男に恥を見せるのは、死ぬよりもつらいと言うのです。いや、その内どちらにしろ、生き残った男につれ添いたい、——そうもあえぎあえぎ言うのです。わたしはそのとき猛然と、男を殺したい気になりました。(陰鬱なる興奮)。

こんなことを申し上げると、きっとわたしはあなた方より残酷な人間に見えるでしょう。しかしそれはあなた方が、あの女の顔を見ないからです。ことにその一瞬間の、燃えるような瞳を見ないからです。わたしは女と目を合わせたとき、たとい神鳴《かみなり》に打ち殺されても、この女を妻にしたいと思いました。妻にしたい、――わたしの念頭にあったのは、ただこういう一事だけです。これはあなた方の思うように、卑しい色欲ではありません。もしそのとき色欲のほかに、何も望みがなかったとすれば、わたしは女を蹴倒しても、きっと逃げてしまったでしょう。男もそうすればわたしの太刀に、血を塗ることにはならなかったのです。が、薄暗い藪の中に、じっと女の顔を見た刹那、わたしは男を殺さない限り、ここは去るまいと覚悟しました。

　しかし男を殺すにしても、卑怯な殺し方はしたくありません。わたしは男の縄を解いた上、太刀打ちをしろと言いました。（杉の根がたに落ちていたのは、そのとき捨て忘れた縄なのです。）男は血相を変えたまま、太い太刀を引き抜きました。と思うと口も利かずに、憤然とわたしへ飛びかかりました。――その太刀打ちがどうなった

29 小刀　腰に差す短刀。30 脾腹　脇腹。

かは、申し上げるまでもありますまい。わたしの太刀は二十三合目に[31]、相手の胸を貫きました。二十三合目に、——どうかそれを忘れずにください。わたしは今でもこのことだけは、感心だと思っているのです。わたしと二十合斬り結んだものは、天下にあの男一人だけですから。(快活なる微笑)。

わたしは男が倒れると同時に、血に染まった刀を下げたなり、女の方を振り返りました。すると、——どうです、あの女はどこにもいないではありませんか？　わたしは女がどちらへ逃げたか、杉むらの間を探してみました。が、竹の落ち葉の上には、それらしい跡も残っていません。また耳を澄ませて見ても、聞こえるのはただ男の喉に、断末魔の音がするだけです。

ことによるとあの女は、わたしが太刀打ちを始めるが早いか、人の助けでも呼ぶために、藪をくぐって逃げたのかもしれない。——わたしはそう考えると、今度はわたしの命ですから、太刀や弓矢を奪ったなり、すぐにまたもとの山路へ出ました。そこにはまだ女の馬が、静かに草を食っています。その後のことは申し上げるだけ、無用の口数に過ぎますまい。ただ、都へはいる前に、太刀だけはもう手放していました。——わたしの白状はこれだけです。どうせ一度は樗《おうち》[32]の梢《こずえ》に、懸ける首と思っていますから、どうか極刑《ごくけい》に遇わせてください。（昂然《こうぜん》たる態度）。

[33]清水寺《きよみずでら》に来《きた》れる女の懺悔《ざんげ》

——その紺の水干を着た男は、わたしを手ごめにしてしまうと、縛られた夫を眺めながら、嘲るように笑いました。夫はどんなに無念だったでしょう。が、いくら身悶《みもだ》えをしても、体中にかかった縄目は、一層ひしひしと食い入るだけです。わたしは思わず夫の側へ、転ぶように走り寄りました。いえ、走り寄ろうとしたのです。しかし男はとっさの間に、わたしをそこへ蹴倒しました。ちょうどその途端です。わたしは夫の目の中に、何とも言いようのない輝きが、宿っているのをさとりました。何とも言いようのない、——わたしはあの目を思い出すと、今でも身震いが出ずにはいられません。口さえ一言《いちごん》も利けない夫は、その刹那の目の中に、一切の心を伝えたのです。

31 合　刀を合わせた回数。　32 樗　センダンの古名。昔、獄門にセンダンを植えて、さらし首を懸ける習慣があった。　33 清水寺　京都市東山区にある寺。

しかしそこに閃《ひらめ》いていたのは、怒りでもなければ悲しみでもない、――ただわたしを蔑んだ、冷たい光だったではありませんか？　わたしは男に蹴られたよりも、その目の色に打たれたように、我知らず何か叫んだぎり、とうとう気を失ってしまいました。その内にやっと気がついてみると、あの紺の水干の男は、もうどこかへ行っていました。跡にはただ杉の根がたに、夫が縛られているだけです。わたしは竹の落葉の上に、やっと体を起こしたなり、夫の顔を見守りました。が、夫の目の色は、少しもさっきと変わりません。やはり冷たい蔑みの底に、憎しみの色を見せているのです。恥ずかしさ、悲しさ、腹立たしさ、――そのときのわたしの心のうちは、何と言えばよいかわかりません。わたしはよろよろ立ち上がりながら、夫の側へ近寄りました。

「あなた。もうこうなった上は、あなたと御一緒にはおられません。わたしは一思いに死ぬ覚悟です。しかし、――しかしあなたもお死になすってください。あなたはわたしの恥を御覧になりました。わたしはこのままあなた一人、お残し申すわけには参りません。」

わたしは一生懸命に、これだけのことを言いました。それでも夫は忌まわしそうに、わたしを見つめているばかりなのです。わたしは裂けそうな胸を抑えながら、夫の太刀を探しました。が、あの盗人に奪われたのでしょう、太刀はもちろん弓矢さえも、藪の中には見当たりません。しかし幸い小刀だけは、わたしの足もとに落ちているのです。わたしはその小刀を振り上げると、もう一度夫にこう言いました。

「ではお命を頂かせてください。わたしもすぐにお供します。」

夫はこのことばを聞いた時、やっと唇を動かしました。もちろん口には笹《ささ》の落ち葉が、いっぱいにつまっていますから、声は少しも聞こえません。が、わたしはそれを見ると、たちまちそのことばをさとりました。夫はわたしを蔑んだまま、「殺せ。」と一言言ったのです。わたしはほとんど、夢うつつの内に、夫の縹の水干の胸へ、ずぶりと小刀を刺し通しました。

わたしはまたこのときも、気を失ってしまったのでしょう。やっとあたりを見まわしたときには、夫はもう縛られたまま、とうに息が絶えていました。その蒼《あお》ざめた顔の上には、竹に交じった杉むらの空から、西日が一すじ落ちているのです。わたしは泣き声を飲みながら、死骸の縄を解き捨てました。そうして、――そうしてわたしがどうなったか？　それだけはもうわたしには、申し上げる力もありません。とにかくわたしはどうしても、死に切る力がなかったのです。小刀を喉に突き立てたり、山の裾の池へ身を投げたり、いろいろなこともしてみましたが、死に切れずにこうしている限り、これも自慢にはなりますまい。（寂《さび》しき微笑）。わたしのように腑甲斐《ふがい》ないものは、[34]大慈《だいじ》大悲の観世音菩薩も、お見放しなすったものかもしれません。しかし夫を殺したわたしは、盗人の手ごめに遭ったわたしは、一体どうすればよいのでしょう？　一体わたしは、――わたしは、――（突然激しきすすり泣き）。

巫女《みこ》の口を借りたる死霊の物語

――盗人は妻を手ごめにすると、そこへ腰を下ろしたまま、いろいろ妻を慰め出した。おれはもちろん口は利けない。体も杉の根に縛られている。が、おれはその間に、何度も妻へ目くばせをした。この男の言うことを真に受けるな、何を言っても嘘と思え、――おれはそんな意味を伝えたいと思った。しかし妻は悄然《しょうぜん》と笹の落ち葉に座ったなり、じっと膝へ目をやっている。それがどうも盗人のことばに、聞き入っているように見えるではないか？　おれは妬ましさに身悶えをした。が、盗人はそれからそれへと、巧妙に話を進めている。一度でも肌身を汚したとなれば、夫との仲も折り合うまい。そんな夫に連れ添っているより、自分の妻になる気はないか？　自分はいとしいと思えばこそ、大それたまねも働いたのだ、――盗人はとうとう大胆にも、そういう話さえ持ち出した。

盗人にこう言われると、妻はうっとりと顔をもたげた。おれはまだあのときほど、美しい妻を見たことがない。しかしその美しい妻は、現在縛られたおれを前に、なんと盗人に返事をしたか？　おれは中有《35ちゅうう》に迷っていても、妻の返事を思い出すごとに、瞋恚《36しんい》に燃えなかったためしはない。妻は確かにこう言った、――「ではどこへでもつれて行ってください。」（長き沈黙）。

妻の罪はそれだけではない。それだけならばこの闇の中に、いまほどおれも苦しみはしまい。しかし妻は夢のように、盗人に手をとられながら、藪の外へ行こうとすると、たちまち顔色《がんしょく》を失ったなり、杉の根のおれを指さした。「あの人を殺してください。わたしはあの人が生きていては、あなたといっしょにはいられません。」――妻

34　**大慈大悲の観音菩薩**　一切の苦を取り除く広大無辺の慈悲を持つ観音菩薩。ここでは清水寺の本尊のこと。
35　**中有**　人が死んで来世の生を受けるまでの期間。四十九日間をいう。36　**瞋恚**　激しい怒り。うらみ。

は気が狂ったように、何度もこう叫び立てた。「あの人を殺してください。」――このことばは嵐のように、今でも遠い闇の底へ、まっ逆さまにおれを吹き落とそうとする。一度でもこのくらい憎むべきことばが、人間の口を出たことがあろうか？　一度でもこのくらい呪《のろ》わしいことばが、人間の耳に触れたことがあろうか？　一度でもこのくらい、――（突然、ほとばしるごとき嘲笑）。そのことばを聞いたときは、盗人さえ色を失ってしまった。「あの人を殺してください。」――妻はそう叫びながら、盗人の腕にすがっている。盗人はじっと妻を見たまま、殺すとも殺さぬとも返事をしない。――と思うか思わない内に、妻は竹の落ち葉の上へ、ただ一蹴りに蹴倒された、（再びほとばしるごとき嘲笑）。盗人は静かに両腕を組むと、おれの姿へ目をやった。「あの女はどうするつもりだ？　殺すか、それとも助けてやるか？　返事はただうなずけばよい。殺すか？」――おれはこのことばだけでも、盗人の罪は赦《ゆる》してやりたい。（再び、長き沈黙）。

妻はおれがためらう内に、何か一声叫ぶが早いか、たちまち藪の奥へ走り出した。盗人もとっさに飛びかかったが、これは袖さえとらえなかったらしい。おれはただ幻のように、そういう景色を眺めていた。

盗人は妻が逃げ去った後、太刀や弓矢を取り上げると、一か所だけおれの縄を切った。「今度はおれの身の上だ。」——おれは盗人が藪の外へ、姿を隠してしまうときに、こうつぶやいたのを覚えている。そのあとはどこも静かだった。いや、まだ誰かの泣く声がする。おれは縄を解きながら、じっと耳を澄ませてみた。が、その声も気がついてみれば、おれ自身の泣いている声だったではないか？（三度《みたび》、長き沈黙）。

おれはやっと杉の根から、疲れ果てた体を起こした。おれの前には妻が落とした、小刀が一つ光っている。おれはそれを手にとると、一突きにおれの胸へ刺した。何かなまぐさい塊がおれの口へこみ上げてくる。が、苦しみは少しもない。ただ胸が冷たくなると、一層あたりがしんとしてしまった。ああ、何という静かさだろう。この山陰の藪の空には、小鳥一羽さえずりに来ない。ただ杉や竹の杪《うら》37に、寂しい日影が漂っている。日影が、——それも次第に薄れてくる。——もう杉や竹も見えない。おれはそこに倒れたまま、深い静かさに包まれている。

そのとき誰か忍び足に、おれの側へ来たものがある。おれはそちらを見ようとした。

37 杪　こずえ。

が、おれのまわりには、いつか薄闇が立ちこめている。誰か、――その誰かは見えない手に、そっと胸の小刀を抜いた。同時におれの口の中には、もう一度血潮があふれてくる。おれはそれぎり永久に、中有の闇へ沈んでしまった。………

雛《ひな》

発表——一九二三（大正一二）年
高校国語教科書初出——一九五七（昭和三二）年
秀英出版『近代の小説』

箱を出る顔忘れめや雛《ひな》二対　　蕪《ぶ》[1]村《そん》

これはある老女の話である。

……横浜のあるアメリカ人へ雛を売る約束のできたのは十一月頃のことでございます。紀の国屋と申したわたしの家は親代々諸大名のお金御用[2]を勤めておりましたし、ことに紫竹《しちく》とか申した祖父は大通《だいつう》[3]の一人にもなっておりましたから、雛もわたしのではございますが、なかなか見事にできておりました。まあ、申さば、内裏雛《だいりびな》は女雛《めびな》の冠の瓔珞《ようらく》[4]にも珊瑚《さんご》がはいっておりますとか、男雛《おびな》の塩瀬《しおぜ》[5]の石帯《せきたい》[6]にも定紋《じょうもん》[7]と替え紋[8]とが

1 **蕪村**　与謝《よさ》蕪村。一七一六（享保元）—一七八三（天明三）年。江戸時代に活躍した俳人・画家。　2 **お金御用**　大名などに金を用立てた商人。　3 **大通**　遊興の道に詳しい人。　4 **瓔珞**　宝石や貴金属で作った装身具。　5 **塩瀬**　帯地に使う厚地の絹織物。　6 **石帯**　袍《ほう》（上着）の腰を締める、石の飾りが付いた帯。　7 **定紋**　家ごとに決まっている紋。　8 **替え紋**　定紋の代わりに使う紋。

瓔珞

石帯

互い違いに縫いになっておりますとか、――そういう雛だったのでございます。それさえ売ろうと申すのでございますから、わたしの父、――十二代目の紀の国屋伊兵衛《いへえ》はどのくらい手もとが苦しかったか、たいてい御推量にもなれるでございましょう。なにしろ徳川家[9]の御瓦解以来、御用金を下げて下すったのは[10]加州《かしゅう》様ばかりでございます。それも三千両の御用金のうち、百両しか下げては下さいません。[11]因州《いんしゅう》様などになりますと、四百両ばかりの御用金のかたに[12]赤間《あかま》が石《せき》の硯《すずり》を一つ下すっただけでございました。そのうえ火事には二、三度も遭いますし、蝙蝠傘屋《こうもりがさや》などをやりましたのも皆手違いになりますし、当時はもうめぼしい道具もあらかた一家の[13]口すごしに売り払っていたのでございます。

そこへ雛でも売ったらと父へ勧めてくれましたのは丸佐《まるさ》という骨董屋《こっとうや》の、……もう故人になりましたが、禿《は》げ頭の主人でございます。この丸佐の禿げ頭くらい、おかしかったものはございません。と申すのは頭のまん中にちょうど[14]按摩《あんま》膏《こう》を貼ったくらい入れ墨がしてあるのでございます。これはなんでも若い時分、ちょいと禿げを隠すために彫らせたのだそうでございますが、あいにくその後頭のほうは遠慮なしに禿げてしまいましたから、この脳天の入れ墨だけ取り残されることになったのだとか、当人自身申しておりました。……そういうことはともかくも、父はまだ十五のわたしをかわいそうに思ったのでございましょう、たびたび丸佐に勧められても、雛を手放すことだけはためらっていたようでございます。

それをとうとう売らせたのは英吉《えいきち》と申すわたしの兄、……やはり故人になりましたが、その頃まだ十八だった、癇《かん》の強い兄でございます。兄は開化人[15]とでも申しましょうか、英語の読本を離したことのない政治好きの青年でございました。これが雛の話になると、雛祭りなどは旧弊[16]だとか、あんな実用にならない物は取っておいても仕方がないとか、いろいろけなすのでございます。そのために兄は昔風の母とも何度口論をしたかわかりません。しかし雛を手放しさえすれば、この大歳[17]のしのぎだけはつけられるのに違いございませんから、母も苦しい父の手前、そうは強いことばかりも申されなかったのでございましょう。雛は前にも申しましたとおり、十一月の中旬には

9 **徳川家の御瓦解**　徳川幕府の時代が終わったこと。10 **加州様**　加賀藩《かがはん》（現在の富山県・石川県）の前田家。11 **因州様**　鳥取藩（現在の鳥取県）の池田家。12 **赤間が石の硯**　山口県旧厚狭郡《あさぐん》から産出する石で作った硯。13 **口すごし**　食物を得ること。暮らしを立てること。14 **按摩膏**　肩こりなどに貼る湿布。15 **開化人**　明治時代の文明開化に熱中した人。16 **旧弊**　古い習慣にとらわれていること。17 **大歳のしのぎ**　大晦日を切り抜けること。

とうとう横浜のアメリカ人へ売り渡すことになってしまいました。なに、わたしでございますか？　それは駄々もこねましたが、おてんばだったせいでございましょう。その割にはあまり悲しいとも思わなかったものでございます。父は雛を売りさえすれば、[18]紫繻子《じゆす》の帯を一本買ってやると申しておりましたから……。

その約束のできた翌晩、丸佐は横浜へ行った帰りに、わたしの家へ参りました。わたしの家と申しましても、三度目の火事に遭った後は普請[19]もほんとうには参りません。焼け残った土蔵を一家の住まいに、それへさしかけて仮普請を店にしていたのでございます。もっとも当時はにわか仕込みの薬屋をやっておりましたから、[20]正徳丸《しょうとくがん》とか安経湯《あんけいとう》とかあるいはまた胎毒散《たいどくさん》とか、——そういう薬の金看板だけは薬簞笥《だんす》の上に並んでおりました。そこにまた[21]無《む》尽灯《じんとう》がともっている、……と申したばかりではたぶんおわかりになりますまい。無尽灯と申しますのは石油の代わりに種油を使う旧式のランプでございます。おかしい話でございますが、わたしはいまだに薬種の匂い、——[22]陳皮《ちんぴ》や大黄《だいおう》の匂いがすると、必ずこの無尽灯を思い出さずにはおられません。現にその晩も無尽灯は薬種の匂いの漂った中に、薄暗い光を放っておりました。

頭の禿げた丸佐の主人はやっと[23]ざんぎりになった父と、無尽灯を中に座りました。

「ではたしかに半金だけ、……どうかちょいとお改めください。」

時候の挨拶をすませて後、丸佐の主人がとり出したのは紙包みのお金でございます。その日に[24]手つけをもらうことも約束だったのでございましょう。父は火鉢へ手をやったなり、なにも言わずに辞儀をしました。ちょうどこのときでございます。わたしは母の言いつけどおり、お茶のお給仕に参りました。ところがお茶を出そうとすると、丸佐の主人は大声で、「そりゃあいけません。それだけはいけません。」と、突然こう申すではございませんか？　わたしはお茶がいけないのかと、ちょいとあっけにもとられましたが、丸佐の主人の前を見ると、もう一つ紙に包んだお金がちゃんと出ているのでございます。

「こりゃあほんの軽少だが、志はまあ志だから、……。」

「いえ、もうお志はたしかに頂きました。が、こりゃあどうかお手もとへ、……。」

18 **紫繻子**　紫色の、光沢のある絹織物。19 **普請**　建築工事。20 **正徳丸・安経湯・胎毒散**　いずれも漢方薬の名。21 **無尽灯**　江戸時代末期に発明された照明器具。灯心をガラスで覆い、空気圧を用いて菜種油を途切れることなく灯心に送り込む仕組みになっている。22 **陳皮・大黄**　漢方薬の材料になる植物。23 **ざんぎり**　明治の頃流行した、まげを切って刈り込んだ、男性の髪型。24 **手つけ**　売買などの契約の際、その保証として支払われる金銭。

無尽灯

「まあさ、……そんなにまた恥をかかせるもんじゃあない。」

「冗談おっしゃっちゃあいけません。旦那こそ恥をおかかせなさる。なにも赤の他人じゃあなし、大旦那以来お世話になった丸佐のしたことじゃあごわせんか？　まあ、そんな水っ臭いことをおっしゃらずに、これだけはそちらへおしまいなすってください。……おや、お嬢さん。こんばんは、おうおう、今日《こんにち》[25]は蝶々髷《ちょうちょうまげ》がたいへんきれいにおできなすった！」

わたしは別段何の気なしに、こういう押し問答を聞きながら、土蔵の中へ帰って来ました。

土蔵は十二畳も敷かりましょうか？　かなり広うございましたが、箪笥もあれば長[26]火鉢もある、[27]長持ちもあれば置き戸棚もある、——という体裁でございましたから、ずっと手狭な気がしました。そういう家財道具の中にも、一番人目につきやすいのは都合三十幾つかの総桐《そうぎり》の箱でございます。もとより雛の箱と申すことは申し上げるまでもございますまい。これがいつでも引き渡せるように、窓したの壁に積んでございました。こういう土蔵のまん中に、無尽灯は店へとられましたから、ぼんやり行灯[28]がともっている、——その昔じみた行灯の光に、母は振り[29]出しの袋を縫い、兄は小さい古机に例の英語の読本か何か調べているのでございます。それには変わったこともございません。が、ふと母の顔を見ると、母は針を動かしながら、伏し目になったまつ毛の裏に涙をいっぱいためております。

お茶のお給仕をすませたわたしは母に褒めてもらうことを楽しみに……というのは大げさにしろ、待ち設ける気もちはございました。そこへこの涙でございましょう？　わたしは悲しいと思うよりも、取りつき端《は》に困ってしまいましたから、できるだけ母を見ないように、兄のいるそばへ座りました。すると急に目をあげたのは兄の英吉でございます。兄はちょいとけげんそうに母とわたしとを見比べましたが、たちまち妙な笑い方をすると、また横文字を読み始めました。わたしはまだこのときくらい、開化を鼻にかける兄を憎んだことはございません。お母さんをばかにしている、——いちずにそう思ったのでございます。わたしはいきなり力いっぱい、兄の背中をぶって

25 **蝶々髷** 少女の髪の結い方の一つ。 26 **長火鉢** 暖房器具の一種。長方形の箱に炭をくべる。 27 **長持ち** 衣服などを入れる、蓋付きの長方形の大きな箱。 28 **行灯** 江戸時代を通じて広く使用された照明器具。灯心を浸した油皿を紙と木枠で覆っている。 29 **振り出しの袋** 漢方薬を入れて湯に浸し、振り動かして薬の成分を出す布袋。

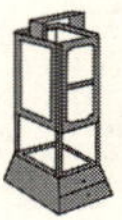
行灯

やりました。

「なにをする？」

兄はわたしをにらみつけました。

「ぶってやる！　ぶってやる！」

わたしは泣き声を出しながら、もう一度兄をぶとうとしました。そのときはもういつの間にか、兄の癇癖の強いことも忘れてしまったのでございます。が、まだ上げた手を下ろさないうちに、兄はわたしの横鬢《よこびん》へぴしゃりと平手を飛ばせました。

「わからず屋！」

わたしはもちろん泣き出しました。と同時に兄の上にも物差しが降ったのでございましょう。兄はすぐと威丈高《いたけだか》に母へ食ってかかりました。母もこうなれば承知しません。低い声を震わせながら、さんざと兄と言い合いました。

そういう口論の間中、わたしはただ悔し泣きに泣き続けていたのでございます。丸佐の主人を送り出した父が無尽灯を持ったまま、店からこちらへはいってくるまでは。……いえ、わたしばかりではございません。兄も父の顔を見ると、急に黙ってしまいました。口数を利かない父くらい、わたしはもとより当時の兄にも、恐ろしかったものはございませんから……。

その晩雛は今月の末、残りの半金を受け取ると同時に、あの横浜のアメリカ人へ渡してしまうことにきまりました。なに、売り値でございますか？　今になって考えますと、ばかばかしいようでございますが、たしか三十円とか申しておりました。それでも当時の諸式[30]にすると、ずいぶん高価には違いございません。

そのうちに雛を手放す日はだんだん近づいて参りました。わたしは前にも申しましたとおり、格別それを悲しいとは思わなかったものでございます。ところが一日一日と約束の日が迫って来ると、いつか雛と別れるのはつらいように思い出しました。しかしいかに子供とは申せ、いったん手放すときまった雛を手放さずにすもうとは思いません。ただ人手に渡す前に、もう一度よく見ておきたい。内裏雛、五人囃《ばや》し、左近《さこん》の桜、右近《うこん》の橘《たちばな》、雪洞《ぼんぼり》、屏風《びょうぶ》、蒔絵《まきえ》の道具、――もう一度この土蔵の中にそういうものを飾ってみたい、――と申すのが心願でございました。が、性来一徹な父は何度わたしにせがまれても、これだけのことを許しません。「一度手つけをとったとなりゃ

30 諸式　物の値段。

あ、どこにあろうが人様のものだ。人様のものはいじるもんじゃあない。」——こう申すのでございます。

するともう月末に近い、大風の吹いた日でございます。母は風邪《ふうじゃ》にかかったせいか、それともまた下唇にできた粟粒《あわつぶ》ほどの腫れ物のせいか、気持ちが悪いと申したぎり、朝の御飯もいただきません。わたしと台所を片づけた後は片手に額を押さえながら、ただじっと長火鉢の前にうつむいているのでございます。ところがかれこれお昼時分、ふと顔をもたげたのを見ると、腫れ物のあった下唇だけ、ちょうど赤いおさつ[31]のように腫れ上がっているではございませんか？　しかも熱の高いことは妙に輝いた目の色だけでも、すぐとわかるのでございます。これを見たわたしの驚きは申すまでもございません。わたしはほとんど無我夢中に、父のいる店へ飛んで行きました。

「お父さん！　お父さん！　お母さんが大変ですよ。」

父は、……それからそこにいた兄も父と一緒に奥へ来ました。が、恐ろしい母の顔にはあっけにとられたのでございましょう。ふだんはものに騒がぬ父さえ、このときだけはぼうぜんとしたなり、口もしばらくは利かずにおりました。しかし母はそういううちにも、一生懸命に微笑しながら、こんなことを申すのでございます。

「なに、大したことはありますまい。ただちょいとこのおできに爪をかけただけなのですから、……今御飯の支度をします。」

「無理をしちゃあいけない。御飯の支度なんぞはお鶴にもできる。」

父は半ば叱るように、母の言葉を遮りました。

「英吉！　本間さんを呼んでこい！」

兄はもうそう言われたときには、いっさんに大風の店の外へ飛び出しておったのでございます。

本間さんと申す漢方医、――兄は始終藪《やぶ》医者などとばかにした人でございますが、その医者も母を見たときには、当惑そうに、腕組みをしました。聞けば母の腫れ物は面疔《めんちょう》[32]だと申すのでございますから。……もとより面疔も手術さえできれば、恐ろしい病気ではございますまい。が、当時の悲しさには手術どころの騒ぎではございません。ただ煎薬《せんやく》を飲ませたり、蛭《ひる》[33]に血を吸わせたり、――そんなことをするだけでございま

31 おさつ　サツマイモ。 32 面疔　顔にできる悪性の腫れ物。黄色ぶどう球菌によって引き起こされ、激痛と高熱を伴う。 33 蛭　環形動物門ヒル綱の動物の総称。他の動物に寄生したり吸血したりする。

す。父は毎日枕もとに、本間さんの薬を煎じました。兄も毎日十五銭ずつ、蛭を買いに出かけました。わたしも、……わたしは兄に知れないように、つい近所のお稲荷《いなり》様へお百度[34]を踏みに通いました。——そういう始末でございますから、雛のことも申してはおられません。いえ、一時《いちじ》わたしを始め、誰もあの壁側に積んだ三十ばかりの総桐の箱には目もやらなかったのでございます。

　ところが十一月の二十九日、——いよいよ雛と別れると申す一日前のことでございます。わたしは雛と一緒にいるのも、今日が最後だと考えると、ほとんど矢も盾もたまらないくらい、もう一度箱が開けたくなりました。が、どんなにせがんだにしろ、父は不承知に違いありません。すると母に話してもらう、——わたしはすぐにそう思いましたが、なにしろその後母の病気は前よりもいっそう重っております。食べ物もおも湯[35]をすするほかはいっさい喉を通りません。ことにこの頃は口中へも、絶えず血の色を交えた膿《うみ》がたまるようになったのでございます。こういう母の姿を見ると、いかに十五の小娘にもせよ、わざわざ雛を飾りたいなぞとは口へ出す勇気も起こりません。わたしは朝から枕もとに、母の機嫌を伺い伺い、とうとうおやつになる頃までは何も言い出さずにしまいました。

しかしわたしの目の前には金網を張った窓の下に、例の総桐の雛の箱が積み上げてあるのでございます。そうしてその雛の箱は今夜一晩過ごしたが最後、遠い横浜の異人屋敷へ、……ことによればアメリカへも行ってしまうのでございます。そんなことを考えると、いよいよ我慢はできますまい。わたしは母の眠ったのを幸い、そっと店へ出かけました。店は日当たりこそ悪いものの、土蔵の中に比べれば、往来の人通りが見えるだけでも、まだしも陽気でございます。そこに父は帳合いを調べ、兄はせっせっと片隅の[36]薬研《やげん》に[37]甘草《かんぞう》か何かを下ろしておりました。

「ねえ、お父さん。後生一生のお願いだから、……。」

わたしは父の顔をのぞきこみながら、いつもの頼みを持ちかけました。が、父は承知するどころか、相手になる気色もございません。

「そんなことはこの間も言ったじゃあないか？……おい、英吉！　お前、今日は明るいうちに、ちょいと丸佐へ行って来てくれ。」

34 **お百度** 願い事がかなうように、ある特定の寺社に百度参拝すること。あるいは境内の一定の距離を百度往復すること。 35 **おも湯** おかゆの上澄み。 36 **薬研** 漢方薬の材料を砕く器具。 37 **甘草** 漢方薬の材料になる植物。

薬研

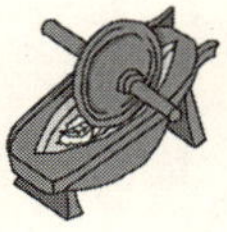

「丸佐へ？……来てくれと言うんですか？」

「なに、ランプ[38]を一つ持って来てもらうんだが、……お前、帰りにもらって来てもいい。」

「だって丸佐にランプはないでしょう？」

父はわたしをそっちのけに、珍しい笑い顔を見せました。

「燭台[39]か何かじゃああるまいし、……ランプは買ってくれって頼んであるんだ。わたしが買うよりゃあたしかだから。」

「じゃあもう無尽灯はお廃止ですか？」

「あれももうお暇の出しどきだろう。」

「古いものはどしどし止めることです。第一お母さんもランプになりゃあ、ちっとは気も晴れるでしょうから。」

父はそれぎり元のように、またそろばんを弾き出しました。が、わたしの念願は相手にされなければされないだけ、強くなるばかりでございます。わたしはもう一度後ろから父の肩を揺すぶりました。

「よう。お父さんってば。よう。」

「うるさい!」

父は後ろを振り向きもせずに、いきなりわたしを叱りつけました。のみならず兄も意地悪そうに、わたしの顔をにらめております。わたしはすっかりしょげかえったまま、そっとまた奥へ帰って来ました。すると母はいつの間にか、熱のある目をあげながら、顔の上にかざした手の平を眺めているのでございます。それがわたしの姿を見ると、思いのほかはっきりこう申しました。

「お前、何をお父さんに叱られたのだえ?」

わたしは返事に困りましたから、枕もとの羽根楊枝《ようじ》[40]をいじっておりました。

「また何か無理を言ったのだろう?……」

母はじっとわたしを見たなり、今度は苦しそうに言葉を継ぎました。

「わたしはこのとおりの体だしね、何もかもお父さんがなさるのだから、おとなしく

38 **ランプ**　石油を用いた照明器具の一種。江戸時代末期に西洋から流入し、明治時代に急速に広まった。　39 **燭台**　ろうそくを立てて用いる照明器具の一種。日本では奈良時代から用いられ、江戸時代に広く普及した。　40 **羽根楊枝**　薬などを塗るときに用いる、鳥の羽を付けた小さい楊枝。

ランプ

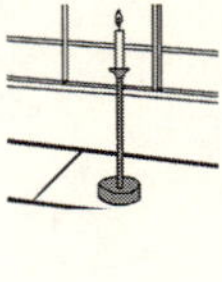
燭台

しなけりゃあいけませんよ。そりゃあお隣の娘さんは芝居へも始終お出《い》でなさるさ……。」

「芝居なんぞ見たくはないんだけれど……。」

「いえ、芝居に限らずさ。[41]簪《かんざし》だとか[42]半襟《はんえり》だとか、お前にゃあ欲しいものだらけでもね、……。」

わたしはそれを聞いているうちに、悔しいのだか悲しいのだか、とうとう涙をこぼしてしまいました。

「あのねえ、お母さん。……わたしはねえ、……何も欲しいものはないんだけれどねえ、ただあのお雛様を売る前にねえ、……。」

「お雛様かえ？　お雛様を売る前に？」

母はいっそう大きい目にわたしの顔を見つめました。

「お雛様を売る前にねえ、……。」

わたしはちょいと言いしぶりました。その途端にふと気がついてみると、いつの間にか後ろに立っているのは兄の英吉でございます。兄はわたしを見下ろしながら、あいかわらず[43]慳貪《けんどん》にこう申しました。

「わからず屋！　またお雛様のことだろう？　お父さんに叱られたのを忘れたのか？」

「まあ、いいじゃあないか？　そんなにがみがみ言わないでも。」

母はうるさそうに目を閉じました。が、兄はそれも聞こえぬように叱り続けるのでございます。

「十五にもなっているくせに、ちっとは理屈もわかりそうなもんだ？　たかがあんなお雛様くらい！　惜しがりなんぞするやつがあるもんか？」

「お世話焼きじゃ！　兄《にい》さんのお雛様じゃあないじゃあないか？」

わたしも負けずに言い返しました。その先はいつも同じでございます。二言三言言い合ううちに、兄はわたしの襟上をつかむと、いきなりそこへ引き倒しました。

「おてんば！」

兄は母さえ止めなければ、このときもきっと二つ三つは折檻《せっかん》[44]しておったでございま

41 簪　女性用の髪飾りの一種。　42 半襟　着物の襟に掛ける布。汚れを防ぐためと、飾りとして用いる。　43 慳貪　冷淡で思いやりのない様子。　44 折檻　厳しく叱ったり、力で懲らしめたりすること。

「東京銀座要路《ようろ》煉瓦《れんが》石造《いしづくり》真図《しんず》」歌川国輝《うたがわくにてる》（二代）1873（明治６）年

しょう。が、母は枕の上に半ば頭をもたげながら、あえぎあえぎ兄を叱りました。

「お鶴が何をしやあしまいし、そんな目に遭わせるにゃあ当たらないじゃあないか。」

「だってこいつはいくら言っても、あんまり聞き分けがないんですもの。」

「いいえ、お鶴ばかり憎いのじゃあないだろう？　お前は……お前は……。」

母は涙をためたまま、悔しそうに何度も口ごもりました。

「お前はわたしが憎いのだろう？　さもなけりゃあわたしが病気だというのに、お雛様を……お雛様を売りたがったり、罪もないお鶴をいじめたり、……そんなことをするはずはないじゃあないか？　そうだろう？　それならなぜ憎いのだか、……。」

「お母さん！」

兄は突然こう叫ぶと、母の枕もとに突っ立ったなり、肘に顔を隠しました。その後父母の死んだときにも、涙一つ落とさなかった兄、——長年政治に奔走してから、癲《てん》[45]狂院《きょういん》へ送られるまで、一度も弱みを見せなかった兄、——そういう兄がこのときだけはすすり泣きを始めたのでございます。これは興奮しきった母にも、意外だったのでございましょう。母は長い溜息をしたぎり、申しかけた言葉も申さずに、もう一度枕をしてしまいました……。

　こういう騒ぎがあってから、一時間ほど後でございましょう。久しぶりに店へ顔を出したのは魚屋の徳蔵でございます。いえ、魚屋ではございません。以前は魚屋でございましたが、今は人力車の車夫になった、出入りの若いものでございます。この徳蔵にはおかしい話が幾つあったかわかりません。その中でもいまだに思い出すのは苗字の話でございます。徳蔵もやはり御一新[46]以後、苗字をつけることになりましたが、どうせつけるくらいならばと大束《おおたば》[47]をきめたのでございましょう、徳川と申すのをつけ

45 **癲狂院**　精神科病院。　46 **御一新**　明治維新のこと。　47 **大束をきめた**　大きな態度に出る。

ることにしました。ところがお役所へ届けに出ると、叱られたの叱られないのではございません。なんでも徳蔵の申しますには、今にも斬罪《ざんざい》にされかねないけんまくだったそうでございます。……その徳蔵が気楽そうに、牡丹《ぼたん》に唐獅子《からしし》の絵を描いた当時の人力車を引っ張りながら、ぶらりと店先へやって来ました。それがまた何しに来たのかと思うと、今日は客のないのを幸い、お嬢さんを人力車にお乗せ申して、[48]会津《あいづ》っ原《ぱら》から[49]煉瓦《れんが》通《どお》りへでもお伴《とも》をさせていただきたい、——こう申すのでございます。

「どうする？　お鶴。」

父はわざと真面目そうに、人力車を見に店へ出ていたわたしの顔を眺めました。今日では人力車に乗ることなどはさほど子供も喜びますまい。しかし当時のわたしたちにはちょうど自動車に乗せてもらうくらい、嬉しいことだったのでございます。が、母の病気と申し、ことにああいう大騒ぎのあったすぐあとのことでございますから、一概にゆきたいとも申されません。わたしはまだしょげきったなり、「ゆきたい。」と小声に答えました。

「じゃあお母さんに聞いてこい。せっかく徳蔵もそう言うものだし。」

母はわたしの考えどおり、目もあかずにほほ笑みながら、「上等だね。」と申しました。意地の悪い兄はいい塩梅《あんばい》に、丸佐へ出かけた留守でございます。わたしは泣いたのも忘れたように、さっそく人力車に飛び乗りました。赤毛布《ケット》を膝掛けにした、輪のがらがらと鳴る人力車に。

そのとき見て歩いた景色などは申し上げる必要もございますまい。ただ今でも話に出るのは徳蔵の不平でございます。徳蔵はわたしを乗せたまま、煉瓦の大通りにさしかかるが早いか、西洋の婦人を乗せた馬車とまともに衝突しかかりました。それはやっと助かりましたが、いまいましそうに舌打ちをすると、こんなことを申すのでございます。

「どうもいけねえ。お嬢さんはあんまり軽過ぎるから、肝腎の足が踏ん止まらねえ。……お嬢さん。乗せる車屋がかわいそうだから、二十前《はたち》にゃあ車へお乗んなさんなよ。」

人力車は煉瓦の大通りから、家の方へ横町を曲りました。するとたちまち出会ったのは兄の英吉でございます。兄は煤竹《すすたけ》[50]の柄のついた置きランプを一台さげたまま、急

48 会津っ原　現在の東京都千代田区大手町辺り。会津藩の屋敷跡。　49 煉瓦通り　現在の東京都中央区の銀座通り。
50 煤竹　すすけて、色が赤黒くなった竹。

ぎ足にそこを歩いておりました。それがわたしの姿を見ると、「待て。」と申す合図でございましょう、ランプをさしあげるのでございます。が、もうその前に徳蔵はぐるりと梶棒《かじぼう》をまわしながら、兄の方へ車を寄せておりました。

「御苦労だね。徳さん。どこへ行ったんだい？」

「へえ、なに、今日はお嬢さんの江戸見物です。」

兄は苦笑をもらしながら、人力車の側へ歩み寄りました。

「お鶴。お前、先へこのランプを持って行ってくれ。わたしは油屋へ寄って行くから。」

わたしはさっきのけんかの手前、わざと何とも返事をせずに、ただランプだけ受け取りました。兄はそれなり歩きかけましたが、急にまたこちらへ向き変えると、人力車の泥よけに手をかけながら、「お鶴」と申すのでございます。

「お鶴、お前、またお父さんにお雛様のことなんぞ言うんじゃあないぞ。」

わたしはそれでも黙っておりました。あんなにわたしをいじめたくせに、またかと思ったのでございます。しかし兄は頓着《とんじゃく》せずに、小声の言葉を続けました。

「お父さんが見ちゃあいけないと言うのは手付けをとったからばかりじゃあないぞ。

見りゃあみんなに未練が出る、——そこも考えているんだぞ。いいか？　わかったか？　わかったら、もうさっきのように見たいの何のと言うんじゃあないぞ。」

わたしは兄の声の中にいつにない情あいを感じました。が、兄の英吉くらい、妙な人間はございません。優しい声を出したかと思うと、今度はまたふだんのとおり、突然わたしを脅かすようにこう申すのでございます。

「そりゃあ言いたけりゃあ言ってもいい。その代わり痛い目に遭わされると思え。」

兄は憎体[51]に言い放ったなり、徳蔵には挨拶も何もせずに、さっさとどこかへ行ってしまいました。

その晩のことでございます。わたしたち四人は土蔵の中に、夕飯の膳を囲みました。もっとも母は枕の上に顔をあげただけでございますから、囲んだものの数にははいりません。しかしその晩の夕飯はいつもより花やかな気がしました。それは申すまでもございません。あの薄暗い無尽灯の代わりに、今夜は新しいランプの光が輝いているからでございます。兄やわたしは食事のあい間も、時々ランプを眺めました。石油を

51 憎体　憎らしい様子。

透かしたガラスの壺《つぼ》、動かない炎を守った火屋《ほや》[52]、――そういうものの美しさに満ちた珍しいランプを眺めました。

「明るいな。昼のようだな。」

父も母をかえり見ながら、満足そうに申しました。

「まぶし過ぎるくらいですね。」

こう申した母の顔には、ほとんど不安に近い色が浮かんでいたものでございます。

「そりゃあ無尽灯に慣れていたから……だが一度ランプをつけちゃあ、もう無尽灯はつけられない。」

「何でも始めはまぶし過ぎるんですよ。ランプでも、西洋の学問でも、……。」

兄は誰よりもはしゃいでおりました。

「それでも慣れりゃあ同じことですよ。今にきっとこのランプも暗いと言うときが来るんです。」

「大きにそんなものかもしれない。……お鶴。お前、お母さんのおも湯はどうしたんだ？」

「お母さんは今夜はたくさんなんですって。」

わたしは母の言ったとおり、何の気もなしに返事をしました。

「困ったな。ちっとも食気がないのかい？」

母は父に尋ねられると、仕方がなさそうに溜息をしました。

「ええ、何だかこの石油の匂いが、……旧弊人の証拠ですね。」

それぎりわたしたちは言葉少なに、箸ばかり動かし続けました。しかし母は思い出したように、時々ランプの明るいことを褒めていたようでございます。あの腫れ上がった唇の上にも微笑らしいものさえ浮かべながら。

その晩も皆休んだのは十一時過ぎでございます。しかしわたしは目をつぶっても、容易に寝つくことができません。兄はわたしに雛のことは二度と言うなと申しました。わたしも雛を出してみるのはできない相談とあきらめております、が、出してみたいことはさっきと少しも変わりません。雛は明日になったが最後、遠いところへ行ってしまう、――そう思えばつぶった目の中にも、自然と涙がたまってきます。いっそみんなの寝ているうちに、そっと一人出してみようか？――そうもわたしは考えてみま

52　火屋　ランプの火を覆うガラス製の筒。

した。それともあの中の一つだけ、どこかほかへ隠しておこうか？――そうもまたわたしは考えてみました。しかしどちらも見つかったら、――と思うとさすがにひるんでしまいます。わたしは正直にその晩くらい、いろいろ恐ろしいことばかり考えた覚えはございません。今夜もう一度火事があればいい。そうすれば人手に渡らぬ前に、すっかり雛も焼けてしまう。さもなければアメリカ人も頭の禿げた丸佐の主人もコレ[53]ラになってしまえばいい。そうすれば雛はどこへもやらずに、このまま大事にすることができる。――そんな空想も浮かんで参ります。が、まだなんと申しても、そこは子供でございますから、一時間たつかたたないうちに、いつかうとうと眠ってしまいました。

　それからどのくらいたちましたか、ふと眠りがさめてみますと、薄暗い行灯をともした土蔵に誰か人の起きているらしい物音が聞こえるのでございます。鼠《ねずみ》かしら、どろぼうかしら、またはもう夜明けになったのかしら？――わたしはどちらかと迷いながら、おずおず細目を開いてみました。するとわたしの枕もとには、寝間着のままの父が一人、こちらへ横顔を向けながら、座っているのでございます。父が！……しかしわたしを驚かせたのは父ばかりではございません。父の前にはわたしの雛が、――

お節句以来見なかった雛が並べ立ててあるのでございます。

　夢かと思うと申すのはああいうときでございましょう。わたしはほとんど息もつかずに、この不思議を見守りました。おぼつかない行灯の光の中に、象牙の笏《しゃく》をかまえた男雛を、冠の瓔珞を垂れた女雛を、右近の橘を、左近の桜を、柄の長い日傘をかついだ仕丁《じちょう》[54]を、目八分[55]に高坏《たかつき》[56]を捧げた官女を、小さい蒔絵の鏡台や箪笥を、貝殻尽くしの雛屏風を、膳椀を、画《え》雪洞を、色糸の手鞠《てまり》を、そうしてまた父の横顔を、……。

　夢かと思うと申すのは、……ああ、それはもう前に申し上げました。が、ほんとうにあの晩の雛は夢だったのでございましょうか？　いちずに雛を見たがった余り、しらずしらずつくり出した幻ではなかったのでございましょうか？　わたしはいまだにどうかすると、わたし自身にもほんとうかどうか、返答に困るのでございます。

　しかしわたしはあの夜更けに、独り雛を眺めている、年とった父を見かけました。これだけはたしかでございます。そうすればたとい夢にしても、別段悔しいとは思い

53 **コレラ**　感染症の一種。激しい嘔吐と下痢を伴う。 54 **仕丁**　雑役をする者。 55 **目八分**　目の高さより少し低い位置。 56 **高坏**　脚のついた食器。

ません。とにかくわたしは目のあたりに、わたしと少しも変わらない父を見たのでございますから、女々しい、……そのくせおごそかな父を見たのでございますから。

「雛」の話を書きかけたのは何年か前のことである。それを今[57]書き上げたのは瀧田《たきた》氏[58]の勧めによるのみではない。同時にまた四、五日前、横浜のあるイギリス人の客間に、古雛の首をおもちゃにしている紅毛の童女に会ったからである。今はこの話に出てくる雛も、鉛の兵隊やゴムの人形と一つおもちゃ箱に投げこまれながら、同じ憂きめをみているのかもしれない。

57 **今** この作品が発表されたのは、一九二三（大正一二）年である。58 **瀧田氏** 瀧田樗蔭《ちょいん》。一八八二（明治一五）―一九二五（大正一四）年。雑誌『中央公論』の編集者。評論家。

ピアノ

発表――一九二五（大正一五）年
高校国語教科書初出――一九九五（平成七）年
右文書院『新現代文（上）』

ある雨のふる秋の日、わたしはある人を訪ねるために横浜の山手[1]を歩いて行った。この辺の荒廃は震災[2]当時とほとんど変わっていなかった。もし少しでも変わっているとすれば、それは一面にスレート[3]の屋根や煉瓦《れんが》の壁の落ち重なった中に藜《あかざ》[4]の伸びているだけだった。現にある家の崩れた跡には蓋をあけた弓なりのピアノさえ、半ば壁にひしがれたまま、つややかに鍵盤を濡《ぬ》らしていた。のみならず大小さまざまの譜本もかすかに色づいた藜の中に桃色、水色、薄黄色などの横文字の表紙を濡らしていた。

わたしはわたしの訪ねた人とあるこみ入った用件を話した。話は容易に片づかなかった。わたしはとうとう夜に入った後、やっとその人の家を辞することにした。それ

1　**横浜の山手**　横浜市中区山手町一帯の地名。高台にあり、外国人居留地として開発された。　2　**震災**　関東大震災のこと。一九二三年九月一日、相模湾《さがみわん》沖を震源として発生したマグニチュード七・九の大地震で、震源に近かった横浜は甚大な被害を被った。　3　**スレート**　屋根ふきの素材として用いられる粘板岩の薄板。明治後期からは石綿をセメントで固め、薄くのばしたものも登場した。　4　**藜**　アカザ科の一年草。空き地などで見かける雑草の一つ。

も近々にもう一度面談を約した上のことだった。

雨は幸いにも上がっていた。おまけに月も風立った空に時々光を洩《も》らしていた。わたしは汽車に乗り遅れぬために（煙草《たばこ》の吸われぬ[5]省線電車はもちろんわたしには禁もつだった。）出来るだけ足を早めて行った。

すると突然聞こえたのは誰かのピアノを打った音だった。いや、「打った」と言うよりもむしろ触った音だった。わたしは思わず足をゆるめ、荒涼としたあたりを眺めまわした。ピアノはちょうど月の光に細長い鍵盤を仄《ほの》めかせていた、あの藜の中にあるピアノは。——しかし人かげはどこにもなかった。

それはたった一音だった。が、ピアノには違いなかった。わたしは多少無気味になり、もう一度足を早めようとした。その時わたしの後ろにしたピアノは確かにまたかすかに音を出した。わたしはもちろん振りかえらずにさっさと足を早めつづけた、湿気を孕《はら》んだ一陣の風のわたしを送るのを感じながら。……

わたしはこのピアノの音に超自然の解釈を加えるにはあまりに[6]リアリストに違いなかった。なるほど人かげは見えなかったにしろ、あの崩れた壁のあたりに猫でも潜んでいたかもしれない。もし猫ではなかったとすれば、——わたしはまだその外にも鼬《いたち》だの蟇《ひき》がえるだのを数えていた。けれどもとにかく人手を借らずにピアノの鳴ったのは不思議だった。

　五日ばかりたった後、わたしは同じ用件のために同じ山手を通りかかった。ピアノはあいかわらずひっそりと藜の中に蹲《うずくま》っていた。桃色、水色、薄黄色などの譜本の散乱していることもやはりこの前に変わらなかった。ただきょうはそれらはもちろん、崩れ落ちた煉瓦やスレートも秋晴れの日の光にかがやいていた。

　わたしは譜本を踏まぬようにピアノの前へ歩み寄った。ピアノは今目のあたりに見れば、鍵盤の象牙も光沢を失い、蓋の漆も剝落していた。ことに脚にはえびかずら[7]に似た一すじの蔓草《つるくさ》もからみついていた。わたしはこのピアノを前に何か失望に近いものを感じた。

「第一これでも鳴るのかしら。」

　わたしはこう独り言を言った。するとピアノはその拍子にたちまちかすかに音を発

5 **省線電車**　当時鉄道省の管理下にあった電車とその路線のこと。なお、当時から大都市近郊の「省線電車」は禁煙となっていた。6 **リアリスト**　現実的に物事を捉える立場の人。現実主義者。［英語］realist　7 **えびかずら**　ブドウ科のつる性植物の古名。

した。それはほとんどわたしの疑惑を叱ったかと思うくらいだった。しかしわたしは驚かなかった。のみならず微笑の浮かんだのを感じた。ピアノは今も日の光に白じらと鍵盤をひろげていた。が、そこにはいつの間にか落ち栗が一つ転がっていた。

わたしは往来へ引き返した後、もう一度この廃墟《はいきよ》をふり返った。やっと気のついた栗の木はスレートの屋根に押されたまま、斜めにピアノを蔽《おお》っていた。けれどもそれはどちらでもよかった。わたしはただ藜の中の弓なりのピアノに目を注いだ。あの去年の震災以来、誰も知らぬ音を保っていたピアノに。

解説

作者について——芥川龍之介

中村良衛

芥川龍之介は明治二五年に生まれ、昭和二年に亡くなった。三十五年間の短い人生のうち、作家として活躍したのは、処女作品である『老年』や『青年と死』を第三次「新思潮」に発表したのが大正三年であるから、それからの一三年間ということになる。偶然ながら、そのちょうど中間にあたる大正一〇年に一つの転機を見ることができる。その年、芥川は大阪毎日新聞社の海外視察員として中国旅行に出発したが、出国前の発熱に始まり、上海《シャンハイ》で乾性肋膜炎《ろくまくえん》を発症、さらに帰国後は神経衰弱をはじめ多くの病に悩まされることになった。この身体の不調に加え、この後は徐々に精神面でも衰弱を余儀なくされてゆく。上り坂と下り坂の喩えは安易に過ぎるかもしれないが、そのようにとらえたい面は確かにある。

明治から大正に移り、「武者小路《むしやのこうじ》氏が文壇の天窓を開け放つて、爽な空気を入れた」中で作家としてのスタートを切り、第一次世界大戦（大正三—七年）がもたらした好況のうちに作家としての地歩を固めたのが芥川だった。その好況は大正デモクラシーの自由な空気を生んだが、他方で米騒動（大正七年）に見られる貧富の差の拡大をもたらし、そこに胚胎した社会不安は、原敬《はらたかし》首相暗殺（大正一〇年）や関東大震災（大正一二年）などの凶事を含みつつ、明と暗それぞれの彩りを濃くしていった。普通選挙法と治安維持法（共に大正一四年）、あるいは大正モダンとプロレタリア運動。大きく時代は変わろうとしていた。その矢先に自ら生を閉じた芥川の死は、しばしば言われるように、その変化を告げる——一つの時代の終わりを示すものにほかならなかった。

東京市京橋区入船《いりふね》町（現中央区明石町）で牛乳販売業を営む新原敏三《にいはらとしぞう》、フクの長男として明治二五年三月一日に生まれた。辰年辰月辰日（辰の刻とも）であり、「龍之介」はそれにちなむ命名という。上にハツ（早世）、ヒサの二人姉がいた。龍之介の生後約七ヶ月、実母フクが精神を病んだため、龍之介はフクの実家である本所区小泉町（現墨田区両国）の芥川家に預けられた。代々江戸幕府の御奥坊主（幕府の茶事一切を取り仕切る）を勤めた家柄で、江戸趣味、文人趣味が濃く残っていた。当主はフクの兄で東京府の土木技師だった道章《どうしよう》（その妻儔《とも》は森鷗外の史伝で知られる細木香以《さいきこうい》の姪）。龍之介が正式に芥川家の一員となるのは明治三七年八月、一一歳の時のことだが、それ以前から彼は芥川家の嗣子として育てられた。『大川の水』や自伝的要素の強い『大導寺信輔《だいどうじしんすけ》の半生』などに見られるように、この本所両国こそ彼にとっての故郷であった。

江東尋常小学校高等科、東京府立第三中学校（現東京都立両国高校）を経て明治四三年九

月第一高等学校に入学。同級生には井川《いがわ》（恒藤《つねとう》）恭《きょう》、菊池寛《きくちかん》、久米正雄《くめまさお》、成瀬正一《なるせしょういち》、松岡譲《まつおかゆずる》などのほか、一年落第した山本有三《やまもとゆうぞう》や土屋文明《つちやぶんめい》もいた。

大正二年、東京帝国大学英文科に入学し、翌大正三年二月に山本・土屋・久米・松岡・成瀬に豊島与志雄《とよしまよしお》らを加えた一〇名を同人とする第三次「新思潮」を創刊。『老人』『青年と死』などを発表した。大正五年には久米・菊池・松岡・成瀬とともに第四次「新思潮」を創刊。前年一一月に「帝国文学」に発表した『羅生門』はさしたる反響を得られなかったが、この創刊号に発表した『鼻』は前年末から木曜会に参加するようになった夏目漱石の激賞を受け、出世作となった。その漱石はこの年一二月七日に死去、芥川はいわば最後の弟子であった。この両作は共に才媛吉田弥生《よしだやよい》との結婚を家族に反対された失恋事件を背景に持つとされる（ちなみに芥川の初恋の相手は芥川の姉ヒサの女中であった吉村ちよ）。『鼻』が契機となって、「新小説」（『芋粥』）や「中央公論」（『手巾』）など文壇の登竜門とも言うべき雑誌に作品を発表し、文壇デビューを果たす。説話文学に材を得た完成度の高い作品は広く受け入れられ、理知派、新現実主義と呼ばれた。

大正時代はまた文学作品が〈商品〉となり、作家の経済的自立が可能になっていく時代でもあったが、この頃はまだ筆一本で食べていくのは困難だったので、大正五年七月に東京帝国大学英文科を二番の成績で卒業（卒論は「ウィリアム・モリス研究」）すると、一二月から横須賀の海軍機関学校の英語の嘱託教官となった。芥川家は大正三年秋に府下北豊島郡滝野川町字田端四三五番地（現北区田端）に居を構えていたが、そこを出て鎌倉に下宿した。英語教員として時間的な拘束を受けつつ執筆を続けるという「二重生活」はそれ自体「不愉快」なものであったが、作家として旺盛な活動を展開し、大正六年から翌年にかけては短編集『羅生門』、『煙草と悪魔』などを上梓する傍ら、『或日の大石内蔵助《おおいしくらのすけ》』『戯作三昧』などの歴史物、『開化の殺人』などの開化期物、『奉教人の死』などのキリシタン物などを次々に発表、さらに社友となった大阪毎日新聞に『地獄変』を連載、芸術至上主義の世界を構築するなどした。さらに同紙に長編『邪宗門』の連載を開始したが、これは未完に終わった。

私生活でも大正七年二月に、彼女が七歳の時から相知っていた塚本文《つかもとふみ》と結婚。後には三男をもうけたが、その名はすべて芥川の友人にちなんでいる。すなわち長男比呂志《ひろし》（大正九年生）は菊池「寛」に、次男多加志《たかし》（大正一〇年生）は田端で知り合い、芥川の単行本の装幀の多くを手がけた画家小穴《おあな》「隆」一に、三男也寸志《やすし》（大正一四年生）は恒藤「恭」に。結婚生活は平穏なものだったようだが、その一方で艶聞も絶えず、中には芥川の心胆を寒からしめた秀しげ子のような存在もあった。

大正八年三月に海軍機関学校を辞し、師漱石にならい、大阪毎日新聞社に入社（ちなみにその翌年には菊池寛も同社に入社する）、住まいも田端に戻り（書斎を「我鬼窟《がきくつ》」と名付けた）、創作に専念できる環境が整った。が、この年の『あの頃の自分の事』（後の『蜜柑』）には「言ひやうのない疲労と倦怠《けんたい》」など、高揚感とは裏腹の陰鬱さが窺える。翌年の作品では

『舞踏会』『南京の基督(キリスト)』などのほか、『秋』を発表、材を歴史や物語に採らない現代小説で、新たな境地を開こうとした。

かくして大正一〇年を迎える。健康を害するためだけに赴いたかの如き中国旅行を終え、七月に帰国。胃腸病、神経衰弱、心悸《しんき》亢進《こうしん》、痔《ぢ》等多くの病気を抱える身となり、これらは宿痾《しゆくあ》としてその後の芥川を悩ませ続けることになる。そうした中でも徐々に執筆を再開、翌大正一一年の新年号各誌には、『藪の中』『将軍』『神神の微笑』『俊寛』などの力作が掲げられた。同年には『トロッコ』『お富の貞操』『六の宮の姫君』などもある。

一時期新現実主義の作家として並称された菊池寛は、『真珠夫人』（大正九年）の成功により通俗化・商品化の可能性を追求するようになっており、その方向性の違いは明らかながら、芥川の構築せんとする純文学的世界それ自体にもはっきりした変化が見られるようになった（書斎の名も大正一一年には「澄江堂《ちようこうどう》」に変えている）。関東大震災の起きた大正一二年秋以降、彼は『保吉《やすきち》の手帳』『お時儀《じぎ》』『あばばばば』など、主に横須賀での英語教員時代の経験に基づく作品を発表していった。主人公の名から保吉物と呼ばれる、私小説風の作品である。また翌大正一三年一月には『一塊の土』を発表、これは農民小説と見なされた。

大正一四年には芥川の心労を増す出来事が起きた。いわゆる「『近代日本文芸読本』事件」である。関東大震災の頃、興文社からこの読本の編集を依頼された芥川は、約二年二ヶ月をかけて一四八編の文章を精選、難易度別に配列するなどして全五巻にまとめたが、一一月に刊行されるや、収録作品や印税などの問題で作家たちの不評を買い、芥川一人が儲けているなどといった風評すら生じたため、芥川は一人一人に手紙と謝礼を送るなど、善後策に神経をすり減らした（なおこの読本はほとんど売れなかったという）。心身の不調は甚だしく、その後、湯河原や鵠沼《くげぬま》に赴き、療養に努めたが、さしたる効果はなかったようだ。そうした疲弊に関連づけられるかどうか、実母の「狂」に言及した『点鬼簿』が発表されたのは翌大正一五年のことである。

明けて昭和二年、さらに芥川を悩ませる事件が発生した。姉ヒサは、葛巻義定《くずまきよしさだ》と協議離婚し、西川豊《にしかわゆたか》と再婚していたが、その西川の自宅が一月に全焼、保険金目当ての放火を疑われ、西川は鉄道自殺してしまう。市井の耳目を集めたこの事件の処理を、芥川はその痩せた双肩に担うことになったのである（なおヒサはその後葛巻と復縁、その長男義敏《よしとし》は、後に芥川の原稿や資料の整理に尽力する）。そうした苦境の中、『玄鶴山房《げんかくさんぼう》』『蜃気楼《しんきろう》』また唯一の長編『河童《かっぱ》』などを発表、谷崎潤一郎と文学論争を『文芸的な、余りに文芸的な』で交わすなど文筆活動を続けていたが、『或阿呆《あるあほう》の一生』に続けて『続西方の人』を脱稿した後、七月二四日未明、致死量の睡眠薬（青酸化合物との説もある）を飲み、自らの手で生を閉じた。遺稿『或《ある》旧友に送る手紙』には「僕の将来に対する唯ぼんやりした不安」の一節があった。同月二七日、谷中斎場にて葬儀が営まれ、染井墓地に隣接した慈眼寺に葬られた。芥川の命日七月二四日は「河童忌」と呼ばれ、今なお墓前に多くの人が集まる。

その文業は大正文学を代表するが、その容貌は近代日本文学のいわばアイコンとなっている。畏友菊池寛は昭和一〇年一月に直木賞と共に芥川賞を設定、これらが文学の振興に寄与し続けていることは周知であろう。

無明の闇——「羅生門」の世界——

三好行雄

エゴイズムを離れた愛は存在しない。だから、人間の孤独も苦悩もついに癒されることは不可能である。しかし、滅びを予感しながら、人間の原風景を見つづけねばならぬというのが、「羅生門」を起稿する直前、吉田弥生との愛の破綻の心的体験から、芥川龍之介の選びとった決意もしくは感傷である。大正四年三月九日づけの恒藤恭あて書簡に見える自覚で、感情の誇張がめだつのは事実にしても、とりたてて意識的な嘘や韜晦があったとは思えない。もちろん、ニヒリズムへの傾斜をうながした原体験は、意識の点検にさらされることを拒んで、まだひっそりと眠りこんでいたはずなのだが、二十四歳の青年作家は無理に背伸びした観念の先取りによって、人間が人間であるゆえにかかえこむ存在悪の認識について語りはじめることになる。

*

「羅生門」は芥川龍之介が手にいれた最初の傑作である。大正四年九月に脱稿し、おなじ年の十一月に、東京帝国大学文学部の機関誌『帝国文学』に発表された。署名はいまなお柳川隆之介である。ただし、目次には柳川隆之助とある。誤植であろう。当時の編輯者青木健作が、編輯後記で熱っぽい讃辞を送っている。

しかし、この小説は、発表当時には完全に黙殺された。私語ふうな批評がひとつづてにつたえられただけで、六号批評にものぼらなかった、と龍之介はのちに回想している。松岡譲の回想するつぎのようなエピソード（1）も、真偽はともかく、当時の雰囲気をさながらに伝えている。

《「羅生門」を発表してから余り長いことではない。彼（注、芥川）はある友人と会つて、幽霊や鬼の話をしたことがあつたさうだ。するとその時、芥川が何でも「『鬼の小説』などは書きたくない」といふやうなことを言つたら、その友人が、真顔で彼をやりこめるつもりであつたか、「君はこの間鬼の話を書いたぢやないか」と言つたといふことだ。友人は羅生門といふから鬼のことだ位に高を括つてゐたのだらう。其頃彼の書く小説は、友人にさへ余り重く見られてゐなかつたのだ。》

いうまでもなく、「羅生門」の黙殺自体は、作品の質にかかわることがらではない。自然主義の残照がなお消えぬ大正期初頭に、この種の小説を正当に評価する基準はまだほとんどなかったし、そのうえ、発表誌の『帝国文学』自体が、当時、文壇の視野からほとんどはずされていたという事情も考慮しなければならぬ。大正期にはいってからの『帝国文学』は、たとえば高山樗牛や上田敏らの記憶にまつわるかつての栄光をすでにうしなっていた。一部には、〈あるかなきかの存在〉という酷評（安倍能成）さえ出現していたのである。

初出当時の批評はどうであろうと、「羅生門」は「老年」以下と同日に論じることの不可能な傑作である。芥川龍之介の資質と可能性の最初の具現であり、歴史小説の方向と形をさだめた原型である。龍之介自身、最初の創作集にその名を冠するほどの愛惜と自負をしめしているし、その第一短篇集『羅生門』の刊行直後に、短篇「羅生門」を集中の白眉に推す批評がすでにあらわれている。たとえば『毎日新聞』の大正六年六月二十八日号に「芥川君の作品」を書いた江口渙は、芥川文学の本質として〈澄切った理智《インテレクト》と洗練《リファイン》されたヒユモアー〉、そして〈生活《ライフ》の外側に立って静に渦巻を眺めてゐる〉傍観者の姿勢を指摘しながら、それらの〈芥川君の凡ての長所が自然に交錯して現れてゐる点でその準処女作である「羅生門」は推賞措く能はざる者〉だとした。芥川文学にかならずしも好意的でなかった加藤武雄でさえ「羅生門」を、夏目漱石のオマージュにかざられた「鼻」の上位におく評価を明らかにしている（2）。

*

「羅生門」の作家は、歴史にたちむかう固有の方法と文体をすでに手に入れている。おなじく「今昔物語」との類縁を説かれる対話体のドラマ「青年と死」の、いかにもあらわで生硬な観念の領略はここにはない。

たとえば「今昔物語」巻二十九所収の「羅城門登上層見死人盗人語第十八」から、まず書きだしのつぎの一節が切取られる。

《今は昔、摂津の国辺より盗せむが為に京に上ける男の、日の未だ暮ざりければ、羅城門の下に立隠れて立てりけるに、朱雀の方に人重り行ければ、人の静まるまでと思て門の下に待立てけるに、》(3)

羅生門の楼下にたたずむ男の表象は龍之介の想像力の内部で拡大され、つぎのような風景にまで転写される。

《或日の暮方の事である。一人の下人が羅生門の下で、雨やみを待つてゐた。

広い門の下には、この男の外に誰もゐない。唯、所々丹塗の剝げた、大きな円柱に、蟋蟀が一匹とまつてゐる。羅生門が、朱雀大路にある以上は、この男の外にも、雨やみをする市女笠や揉《(ママ)》烏帽子が、もう二三人はありさうなものである。それが、この男の外には誰もゐない。

何故かと云ふと、この二三年、京都には、地震とか辻風とか火事とか饑饉とか云ふ災がつゞいて起つた。そこで洛中のさびれ方は一通りでない。旧記によると、仏像や仏具を打砕いて、その丹がついたり、金銀の箔がついたりした木を、路ばたにつみ重ねて、薪の料に売つてゐたと云ふ事である。洛中がその始末であるから、羅生門の修理などは、元より誰も捨てゝ顧る者がなかつた。するとその荒れ果てたのをよい事にして、狐狸が棲む。盗人が棲む。とうとう《(ママ)》しまひには、引取り手のない死人を、この門の上へ持つて来て、棄てゝ行くと云ふ習慣さへ出来た。そこで、日の目が見えなくなると、誰でも気味を悪るがつて、この門の近所へは、足ぶみをしない事になつてしまつたのである。

　その代り又鴉が何処からかたくさん、集つて来た。昼間見ると、その鴉が、何羽となく輪を描いて高い鴟尾のまはりを啼きながら、飛びまはつてゐる。殊に門の上の空が、夕焼けであかくなる時には、それが胡麻をまいたやうに、はつきり見えた。鴉は、勿論、門の上にある死人の肉を、啄みに来るのである。――尤も今日は、刻限が遅いせいか、一羽も見えない。唯、所々、崩れかゝつた、さうしてその崩れ目に長い草のはへた石段の上に、鴉の糞が、点々と白くこびりついてゐるのが見える。下人は七段ある石段の一番上の段に、洗ひざらした紺の襖の尻を据ゑて、右の頰に出来た、大きな面皰を気にしながら、ぼんやり、雨のふるのを眺めてゐるのである。》（引用は初出稿による。以下おなじ）

　引用がやや長すぎたかもしれないが、原典の簡古素朴な一行から、王朝末期の荒廃した都のたたずまいを彷彿する風景を描いて見せる、作者の想像力と表現力とは、無類である。

　龍之介の想像力がどう動いたかは、ふたつの文章を読みあわせると、かなり明瞭になる。かれは「今昔物語」の説話に、現代とおなじ〈娑婆苦〉に呻吟する王朝末期のHuman

Comedy（4）を読んだ。そして、原典の荒削りで不器用な描写から、ひとつの象徴的な風景を出現させたのである。朱雀大路を行く人影が消え、死者の肉にむらがる鴉さえ姿を隠した。〈朱雀の方に人重り行ければ〉という現実に代えて、ここにあるのは雨の音だけが時間を無限にひきのばしている、仮構の風景なのである。それは下人の心象ともぴったりかさなる。

龍之介の描く〈羅生門〉は死の世界、いや、死につつある世界の象徴である。死体が放置されているのは、死者を受け入れるべき世界がすでに朽え、崩壊しつつあることを示している。外には、死者を捨て、下人を放逐する世界がまだ存在していたとしても、羅生門の時空は確実に病んでいる。そこに、死と破滅の予感に満ちた世界に、負け犬が迷いこむ。かれは外から来て、外へ出口をもたぬままに、ただひとり、死者の国の扉にもっとも近く立っている。「羅生門」は、その下人の生への帰還のものがたりである。

＊

ひとりの男が羅生門の楼上で、死体の髪の毛を抜く老婆に出会い、彼女の着衣を剝ぎとって逃走するという話の骨子は、龍之介の小説でも「今昔物語」の説話でもまったくおなじである。しかし、「今昔」の主人公がはじめから、盗賊になる決意を抱いて京に上ってきていたのに対して、「羅生門」の下人は〈四五日前に〉主家から暇を出され、帰るべき場所も生きてゆく手だても持たぬ男として登場する。いうまでもなく、この虚構が小説の主題の動きだす発端であり、〈行き所がなくて、途方にくれてゐた〉下人は、行為の必然性をすでに予感しながら、行為の可能性をみずから閉ざす人間として、読者の前に現われる。《どうにもならない事を、どうにかする為には、手段を選んでゐる遑はない。選んでゐれば、築土の下か、道ばたの土の上で、饑死をするばかりである。さうして、この門の上へ持つて来て、犬のやうに棄てられてしまふばかりである。選ばないとすれば――下人の考へは、何度も同じ道を低徊した揚句に、やつとこの局所へ逢着した。しかしこの「すれば」は、何時までたつても、結局「すれば」であつた。下人は、手段を選ばないといふ事を肯定しながらも、この「すれば」のかたをつける為に、当然、その後に来る可き「盗人になるより外に仕方がない」と云ふ事を、積極的に肯定する丈の、勇気が出ずにゐたのである。》

"To be or not to be……"の独白を〈やる、やらぬ、それが問題だ〉と訳した例(5)もあるようだが、確かに、龍之介の下人は〈薄汚れたハムレット〉(6)に似ている。かれは認識としては、なにをなさねばならぬかを知っている。にもかかわらず、かれは羅生門の片隅に、なすすべを知らぬ人間として――なにものかによって行為を封じられた人間として――いまなお、呆然とたちすくんでいる。このあたり、龍之介が読者を連れだそうとするのは認識や論理の場であって、感性に訴える表現が控えめであるという点にも注意をうながしておきたい。

作者は〈勇気〉という言葉を使っているが、行為をためらわせる禁忌の感覚がなんに根ざしていかは自明であろう。人間としての最後の倫理といってもいいし、超越的なモラルといいかえてもよい。あらゆる実定法の背後に想定される自然法の比喩で語ることもできるだろうし、西欧の人間ならば、下人を制止するのは〈神〉だ、というかもしれない。しかし、もとより、芥川龍之介に〈神〉は不在である。

羅生門の楼上で、死体の髪の毛を抜く老婆を目撃したとき、下人の〈頭身の毛も太る〉ような恐怖はたちまち、〈はげしい憎悪〉に変る。それは是非善悪の合理的な判断を超えた直観として、かれをおそう。

《……下人にとつては、この雨の夜に、この羅生門の上で、死人の髪の毛を抜くと云ふ事が、それ丈で既に許す可らざる悪であつた。》（傍点は引用者）

下人の見たのは単なる死者への冒瀆ではなく、朽え、崩壊しつつある世界の風景だったのである。それにしても、善悪の判断が法の領域に属するとしたら、下人の直観の内部に動いたのは明らかに、法を超えた超越的な倫理であり、行為への勇気をうばうものにひとしい。〈許す可らざる悪〉をだれが許しうるか、この問いをめぐって、「羅生門」の主題があらわれてくる。

すこしあともどりする。行為への〈勇気〉をうばわれた下人を設定したことによって、龍之介の小説では、つぎに登場してくる老婆の意味がきわだって重いものになった。「今昔物語」の老婆は、〈盗せむが為に京に上ける男〉と地つづきの平面に住む、より卑小な存在にすぎない。それに対して、龍之介の老婆は下人にとって唯一の〈他者〉であり、かれと対立し、かれを負の時空にさそうメフィストフェレスの役を演じる。「今昔」の説話では、死者と老婆とは主従である。のちに描かれるはずの「六の宮の姫君」を想起する自由ものこるわけだが、「羅生門」では、老婆は死者とゆきずりの関係しかもたない。下人が孤独であるように、老婆も孤独でなければならぬ。生の極限状況に、まるはだかで放りだされたふたりの人間が、死の気配のただよう世界で遭遇したのである。

　こうしなければ餓死をするから、仕方なしにするのだ。老婆の論理は明快で、素朴である。しかし、その明快さは下人になにも教えない。おなじ論理を、かれは認識の内部にすでに育てていた。また、老婆は確かに、下人の惑いをつきぬけた存在である。だからといって、観念を実践する彼女の行為だけが、下人に行動の可能性をひらいたのではない。なぜなら、下人のたゆたいは、かれの臆病に起因するのではない。下人に真に必要だったのは〈許す可らざる悪〉を許すための新しい認識の世界、超越的な倫理をさらに超えるための論理にほかならぬ。下人と老婆の遭遇は認識と認識の出会いなのである。

　主人の死体を冒瀆した「今昔」の老婆は、許しとあわれみを乞うよりしかたなかった。しかし、龍之介のメフィストフェレスは〈助け給へ〉と哀願するかわりに、わたしは許されていると主張する。《成程、死人の髪の毛を抜くと云ふ事は、悪い事かも知れぬ。しかし、こう《(ママ)》いう死人の多くは、皆、その位の事を、されてもいゝ人間ばかりである。現に、自分が今、髪を抜いた女などは、蛇を四寸ばかりづゝに切つて干したのを、干魚だと云つて、太刀帯の陣に売りに行つた。疫病にかゝつて死ななかつたなら、今でも売りに行つてゐたかもしれない。しかも、この女の売る干魚は、味がよいと云ふので、太刀帯たちが、欠かさず菜料に買つてゐたのである。自分は、この女のした事が悪いとは思はない。しなければ、饑死をするので仕方がなくした事だからである。だから、又今、自分のしてゐた事も、悪い事とは思はない。これもやはりしなければ、饑死をするので、仕方がなくする事だからである。さうして、その仕方がない事をよく知つてゐたこの女は、自分のする事を許してくれるのにちがひないと思ふからである。》

いかに不確かな許容であろうと、老婆が第三者の〈許し〉を主張しているのは見逃せない。飢餓の極限でひとは確実に死ぬ、という人間存在に課された絶対の条件が、善と悪との相対世界をすっぽりとつつんで、そうすることの仕方なさを照らしだす。だから、老婆は女の行為を咎めないし、それを咎められぬ女が自分を〈許してくれる〉ことを疑わない。そして下人も、その許しあう世界に身を投じることで、〈では、己が引剝をしようと恨むまいな〉という言葉を所有できたのである。蛇を切売りした女と、女の髪の毛を抜く老婆と、その老婆の着衣を剝ぐ下人と、かれらは傷ついた犬が傷口を嘗めあうように、生きるためにしかたのない悪のなかでお互いの悪を許しあった。悪が悪の名において悪を許す――人間が人間の名において、といいかえてもよい――そうすることを許容する世界が現前したのである。倫理の終焉する場所である。こういう世界をうけいれるためには、究竟において、精神は肉体を制御しえないという事実を、ひとは正視すればよい。

いかにも唐突な類推に見えるかもしれないが、「羅生門」の読者は、大岡昇平の「野火」を想起する自由をもつ。「羅生門」をというより、芥川龍之介の虚無を逆照射するために……。もとより、「野火」と「羅生門」とは、長篇と短篇という構造上の異質ひとつをとってみても、もともと同次元での比較が不可能なほどの距離がある。大正と戦後との時間の距離でもある。にもかかわらず、このふたつの作品にもし接点があるとすれば、それは飢餓の極限にあらわれる悪のかたちという一点だけである。

「野火」の敗走する兵士は飢えて、食人肉の欲望から目をそらすことができない。その兵士に、死んでゆく将校が、〈俺が死んだら、ここを喰べてもいいよ〉と語りかける場面がある。将校は〈のろのろと痩せた左手を挙げ、右手でその上膊部を叩い〉てみせた（二八「飢と狂者」の章）。兵士は〈恩寵的なこの許可〉に、かえって人間の〈魂〉のありかを見る。いうまでもなく、「羅生門」の老婆の論理もまた、悪の仕方なさを知りつくした女の、人間としての魂の寛容に賭けられている。そして、もし兵士が将校の肉を喰べていたら、ここでも〈許しあう世界〉が実現するはずであった。食人肉と死体の冒瀆との、ことの軽重にこだわる必要はあるまい。いずれ神をおそれぬ悪である。そういえば「羅生門」の老婆の風貌は〈肉食鳥〉の比喩で語られていた。

飢餓の極限にあらわれるカニバリズムそのものに、法は制裁をあたえない（7）。〈カルネアデスの板〉の理論である。人間の法がそれを罰しえないとしたら――「野火」には〈神〉が現われる。狂気の妄想に宿った虚構にすぎぬかもしれない〈神〉が……。〈許された〉肉を切り取ろうとする兵士の右手を、左手が無意識に動いて押しとどめた。しかし、「羅生門」に神は不在である。「野火」の兵士が、肉を薦めた将校を〈キリストの変身〉と錯覚（?）したのにならっていえば、「羅生門」の老婆は神なき風土のイエスである。

＊

「野火」との比較は、しかし、「羅生門」のもうひとつの側面をもすぐさま明らかにする。たとえば、龍之介は「澄江堂雑記」（大正十二年）で、つぎのように書いている。

《……今僕が或テエマを捉へてそれを小説に書くとする。さうしてそのテエマを芸術的に最も力強く表現する為には、或異常な事件が必要になるとする。その場合、その異常な事件なるものは、異常なだけそれだけ、今日この日本に起つた事としては書きこなし悪い、もし強て書けば、多くの場合不自然の感を読者に起させて、その結果折角のテエマまでも犬死をさせる事になつてしまふ。所でこの困難を除く手段には「今日この日本に起つた事としては書きこなし悪い」と云ふ語が示してゐるやうに、昔か（未来は稀であらう）日本以外の土地か或は昔日本以外の土地から起つた事とするより外はない。僕の昔から材料を採つた小説は大

抵この必要に迫られて、不自然の障碍を避ける為に舞台を昔に求めたのである。》

主題の力線を強調するために異常な事件を設定し、その舞台として歴史を選ぶ——龍之介の説明をこんなふうに要約してしまえば、これは、一種の〈限界状況〉について語った言葉ということにもなる。人間の生きざまを局限にまで追いつめて、そのことなしには顕在化しない存在の意味を問うための場として、歴史的時間が選択されたわけである。すくなくとも、「羅生門」の説明としてなら納得できるようだが、しかし——

「野火」の〈戦場〉は明らかに限界状況である。不条理な状況に投げられた生の彷徨を通じて、生活の次元では日常性にくらまされていた人間性の危機がするどく顕在化する。読者がそこに読むのは、戦場もしくは敗走する兵士という限定された条件下の悲劇ではなくて、人間の生そのものの根拠や存在性にかかわる、暗くて重い問いかけである。限界状況のそうした機能を、主題の普遍化という言葉で呼ぶとすれば、龍之介の〈歴史〉はしばしばそれを裏切る。ほとんど主題の特殊化といっていい、自己閉鎖的な働きかたをするのである。ことは「羅生門」の場合も例外ではない。

「羅生門」には読者へのダイナミックな問いかけが欠けている。作者の卓越した技巧は首尾結構のととのった小宇宙を完結しているが、にもかかわらず——だから、というべきかもしれない——小説の世界は作家の立っている地平とは異った次元に、同時代のなまなましい体臭を喪失した、閉鎖的な時空として出現する。作家と作品との距離はひどく遠い。

龍之介は醒めた語り手としての姿勢を最後まで崩さない。醒めた語り手、つまり場面をこしらえ、人形をあやつる傀儡師として、表現のあらゆる細部に意識の網の目を張りめぐらすのである。過剰なまでの分析的手法、〈それから、何分かの後である〉といった形の場面転換、そして、つぎのような描写（とくに傍点部）などに、みずから描きつつある世界を、同時に見ている作家の眼が彷彿する。

《すると、老婆は、見開いてゐた眼を、一層大きくして、ぢつとその下人の顔を見守つた。眶の赤くなつた、肉食鳥のやうな、鋭い眼で見たのである。それから、皺で、殆、鼻と一つになつた唇を、何か物でも噛んでゐるやうに、動かした。細い喉で、尖つた喉仏の動いてゐるのが見える。その時、その喉から、鴉の啼くやうな声が、喘ぎ喘ぎ、下人の耳へ伝はつて来た。》

映像の動きを目で追うように、意識が表現を追跡する。〈旧記〉の語が二度にわたってあらわれるのも、書き手としての作家の位置をくらまし、作品の世界とたえず距離をおこうとする主体の韜晦である。龍之介のこうした方法はやがて文字どおりの語り手の設定――〈友人から聞いた話〉だとか〈蔵書に見える逸話〉、〈他人の手記〉といったふうな擬態をとる場合も多い――にまで進むわけだが、書き手としての〈私〉と作品の世界の直接的な関係を断とうとする意図は、「羅生門」においても明瞭に見てとれる。

更に、それに関連して、文体もしくは言語の虚構化という問題もある。龍之介の文体は

〈隠語〉の比喩で語るにふさわしい。隠語はそれの発生した特定の社会では、日常的なコミユニイケエトとしての有効性をもっているが、他の社会に転移された場合は日常性を喪失して、一種の装飾性を帯びた虚構の言語と化す。龍之介の文体にいちじるしい装飾性は、たとえば学生がヤクザ社会の隠語をいきがって使う、といったふうな隠語の機能に似ているが、そうした文体上の特質も、「羅生門」にすでに萌芽として潜在する。作家主体のありかをくらます〈隠すための文体〉である。

龍之介は〈「昔」の再現を目的《エンド》にしてゐない〉とみずからいう（前出「澄江堂雑記」）。だから、歴史的時間を生きる人物が現代人の心理と行動のパターンに即してのみ動くのは自明なのだが、にもかかわらず、〈現代〉を担うはずの主題は〈歴史〉に仮装して、完結した時空に自己を閉じている。「羅生門」の苛烈な生の葛藤は「旧記」に封じられた遠い記録として、現代と断たれた歴史的時間のなかのドラマという印象を消せない。読者はしばしば、伝説の霧につつまれた十二世紀のものがたりしか、そこに読まないのである。

龍之介の〈歴史〉は作者の肉声を遮断するフィルターであり、異常な事件の起るにふさわしい過去にまで読者を連れだす仮装であった。

＊

醒めた語り手、つまり永遠の認識者として、自己の見た人間の原風景にいかにして冷徹・

巧緻な形式を与えるか。「羅生門」の作家はのちに、その〈完成された表現〉を手に入れるための武器を〈技巧〉と名づけることになる。「羅生門」は龍之介の技巧が最初の成功を収めた記念碑でもある。

「羅生門」の名を冠した処女短篇集（大正六年）の扉に、龍之介は「禅林集句」から選んだ詩句をエピグラフふうに録している。

《君看雙眼色
　不語似無愁》

のちに明らかにする予定だが、おなじころ、龍之介はようやく、かれの文学を人生の断片化にすぎぬと見た自然主義末流の批判にこたえて、芸術と人生の価値を転換した文学観の構築をいそごうとしていた。〈君看雙眼色〉とは、人生に相渉るところ乏しとする無理解な批判者の足もとに、龍之介が投げた白い手袋である。

「羅生門」も、〈歴史〉に仮装した典雅なたたずまいの後景に、龍之介のまぎれもない〈雙眼色〉、かれが見ることを強いられた暗鬱な生の風景を隠していた。それはエゴイズムなどという概念では決して律しきれない。たとえば〈老婆の生死が、全然、自分の意志に支配されてゐると云ふ事を意識した〉とき、下人は〈或仕事を為して、それが円満に成就した時の、安らかな得意と満足〉をすこしも隠さない。うすぎたない負け犬が、勝ち犬の自恃と倨傲を手に入れたのである。ここに点描された心理の明暗をエゴイズムと呼ぶとしたら、下人を呑みほした闇の底にうごめくものはもっと凶々しく、けものじみた衝動である。「羅生門」のドラマはいかなる救済をも拒否する。精神性をまるごと剝離された生の裸形、そのむきだしの我執はもはや罪ではなく、人間存在のまぬがれがたい石のような事実である。老婆や下人がそうしたように、生きるためには仕方がないという理由で、暗黙に許しあうことだけが可能である。かれらの我執は、裏がえせば、生きのびねばならぬ人間の意志である。その野性を秘めた人間の生命力に、龍之介が状況を切り裂く生のバイタリティをすこしも見ていなかった、といえば嘘になる。しかし、小説の最終章にあらわれる風景ひとつをとってみても、かれの〈雙眼色〉はもっと暗い。

芥川龍之介が「羅生門」で描いてみせたのは地上的な、あるいは日常的な救済をすべて絶たれた存在悪のかたちである。人間存在そのものが、人間であるゆえに永遠に担いつづけねばならぬ痛みであり、生きてあることにまつわるさまざまな悪や苦悩の根源である。日常の慣習や儀礼にかたづけて、からくも、ひとはそれをしのいで生きる。しかし、しのぐことを許さぬ実存としての存在悪を、二十四歳の青年作家は見抜いていた。くりかえして念を押しておけば、それを洞察させた内なる虚無のかたちについて、龍之介はまだなにも自覚していない。しかし、倫理の終焉する場所にたちあう精神を、〈虚無〉と名付けることは許されよう。芥川龍之介は、つぎのような風景を見てしまった青年である。

《暫、死んだやうに倒れてゐた老婆が、死骸の中から、その裸の体を起したのは、それから間もなくの事である。老婆はつぶやくやうな、うめくやうな声を立てながら、まだ燃えてゐる火の光をたよりに、梯子の口まで、這つて行つた。さうして、そこから、短い白髪を倒にして、門の下を覗きこんだ。外には、唯、黒洞々たる夜があるばかりである。

下人の行方は、誰も知らない。》（引用は現行の形による）

「羅生門」が円環を閉じた場所である。小説の世界でわずかに、龍之介の肉声がきわどくひびく一節でもある。下人は許しあう世界に身を投げて、忽然と姿を消した。老婆のさかしまの白髪と、彼女ののぞきこむ〈黒洞々たる夜〉と、この風景こそ、芥川龍之介がかかえこんでいた〈虚無〉の対象化である。下人を呑みほした黒い夜は、いかなる救済をもうちにふくまぬ〈無明の闇〉に通じる。

しかし、大正四年の芥川龍之介は〈下人の行方は、誰も知らない〉という一行を選ばなかった。初出稿が、

《下人は、既に、雨を冒して、京都の町へ強盗を働きに急ぎつゝあつた。》

という形で終っていたのは、有名な事実である。行為にむかって駆けぬけた下人から、すくなくとも〈明日〉は消されていない。小説世界のヴェクトルは、明らかに、〈下人の行方は、誰も知らない〉の一行を必然とする形で動いている。にもかかわらず、初出稿を書き終える龍之介は、下人の明日を消さなかった。

これが技術の未熟にかかわる問題でないとしたら、大正四年の芥川龍之介は〈無明の闇〉

に投げた下人のゆくえを、にもかかわらず、見ることをなおやめようとしなかったことになる。下人の救済はのちに見るように、大正六年の「偸盗」で試みられる。「羅生門」の初出稿を終えた時点で、「偸盗」の構想がすでに成立していたとの推理まではさしひかえるが、すくなくとも、下人を空無のかなたに置きざりにしようとは、龍之介はまだ考えていない。人生の醜悪を最後まで見続けねばならぬという、認識者の要請である。

龍之介は初出の稿を閉じつつ、自己の認識をみずから超えようとしていたのだ、といってもいい。しかし、試み自体がきわめて観念的であって、やがて書かれるはずの「偸盗」の挫折は目に見えている。「偸盗」を、〈中央公論第一の悪作〉と自嘲する失敗作として残したまま、龍之介は「羅生門」の末尾を、

《下人の行方は、誰も知らない。》

という、必然の一行で結んだ。このとき、下人は真に〈無明の闇〉のかなたに放逐された。「羅生門」は芥川龍之介の虚無の所在を明らかにすると同時に、かれがその心情の暗部を、自体として完結した短篇的小宇宙に閉鎖できる、すぐれた才能にめぐまれていたことを示している。菊池寛の評語(8)を借りていえば、〈人生を銀のピンセットで弄んでゐる〉という、龍之介の歴史小説の特性と不幸は、「羅生門」にもまたあざやかである。

注(1)　松岡譲「勉強家で多能の人」(『新潮』大正六年十月)

(2) 加藤武雄「芥川龍之介氏を論ず」(『新潮』大正六年一月)

(3) 引用は「校註国文叢書」第十七冊の池辺義象校註「今昔物語・下」(大正四年八月、博文館)に拠る。このエディションを龍之介の直接参照した資料と決定するには、「青年と死」の存在が考慮されねばならないが、すくなくとも、龍之介の見ることのできた原文にもっとも近い形であることは確かである。

(4) 芥川龍之介「今昔物語に就いて」(昭和二年)

(5) 小津次郎訳「ハムレット」(『世界文学大系』十六所収、昭和四十七年、筑摩書房)

(6) 長谷川泉「『羅生門』」(『近代名作鑑賞』所収、昭和三十三年、至文堂)

(7) 一八一六年のメデューズ号事件、一八八四年のミニヨネット号事件などの例があり、いずれも緊急避難の免罪が適用された。中野美代子「迷宮としての人間」(昭和四十七年、潮出版社)参照。

(8) 菊池寛「印象的な唇と左手の本」(『新潮』大正六年十月)

(昭和五十一年　筑摩書房『芥川龍之介論』)

芥川龍之介の短篇

阿部　昭

芥川龍之介の名前は、わが国の近代小説を読んで行くうえで、もちろん逸することのできないものの一つですが、年少の諸君は教科書などでいささか食傷気味というのが正直なところではないでしょうか。

いかにも、彼は切れ味のいい短篇をたくさん書いている。その文章も模範的と言っていいほど整っている。国語の教材にはもってこいなのはわかります。若い読者の中には、彼の和漢洋に通じた豊かな学識、絢爛たる文章の才気に惹かれる人もいるのではないかと思います。だが一方には、なんだか古めかしくて、ぴんと来ないという人もいるにちがいない。

私なども、日本の文学では夏目漱石の他はまず芥川を読むことから始めました。しいてその動機と言えば、当時住んでいた藤沢市鵠沼の自分の家のすぐ近くに、かつて芥川龍之介が静養した家があり、そこに戦争中の疎開から引き続いて作家の遺族が住まっていたことです。「芥川さん」というのは、子供の私には親しい名字の一つでした。

中学から高校にかけての頃ですが、友だちから借りた全集の端本や自分で買った文庫本などで、『羅生門』『鼻』『芋粥』『地獄変』『偸盗』などの王朝物をつぎつぎと読み、不気味な、グロテスクな、また滑稽な題材を現代化する作者のめざましい文章に酔わされる思いがしました。そして、なるほど小説というものはこんなふうに書くものか、また、文章を書く神経というのはこういうものなのか、などと教えられたように思いました。芥川にくらべると、他の作家の文章はみな乱雑に書き流したようで、神経が行きわたっていないような感じさえしました。

そんなわけで、私はいまでも芥川を読み返すと、いや、その文章をちょっと目にしただけでも、自分の初心に連れ戻されるような気持になり、なつかしさに襲われます。しかし、では、あなたがたも芥川から読み始めなさいと若い人にすすめたいかというと、私の気持はやや複雑で、文学の世界は芥川のようなそればかりではない、それとはまさに正反対の世界もあるというふうなことも念のため言い添えたくなります。もちろん、面白いと思ったら飽きるまで読んでみるのがいいし、つまらなかったらなにも無理をして読むことはないのは、どの作家でも同じですが。

だいたい芥川は若くして漱石に認められ、華々しく文壇に迎えられたので、学生生活からいきなり書斎の生活にとび込んだようなものでした。文字通り本の虫で、スポーツに励んだというような形跡もありませんし、交友関係も同人雑誌仲間が主で、そこでもつねに超然たる態度をとっていたようです。生活の手段として、一時、海軍機関学校で英語の教官をしたことがあり、新聞社から俸給をもらって半ばお抱え作家としての地位を確保したことも何度かありましたが、あとはもっぱら原稿料による生活に終始しました。一度、新聞社の海外視察員として中国を旅行していますが、それ以外は関東大震災の酸鼻を目撃したぐらいで、もちろん戦争の経験はなく、おおむね文壇の狭いサークル内での行き来に明け暮れたように見えます。

そういう、ひと口に言って、きわめてブッキッシュな作家ですから、それだけに彼の文章にはむずかしい言葉がふんだんに出て来ます。その点は鷗外や漱石だって同じですが、私などはずいぶん字引を引いた覚えがあります。小説を読むのは勉強ではないのですから、寝ころがってすらすら読めればそれに越したことはありません。しかし、わからない言葉が出てくるたびに辞書を引く――それがだんだん苦にならなくなって行きましたが――そのことで知らず知らずのうちにどれくらい文章の面白味が増したかしれません。

まことに初歩的な助言ですが、私としては、おっくうがらずにせいぜい辞書を引くことをすすめます。変な言い方ですが、芥川の文章の面白さの一つは、そんなふうに辞書を引いてみずにはいられないような気持にさせる、不思議な言葉がたくさん並んでいることでもあるのですから。

＊

芥川龍之介は、作家といっても、短篇作家です。天性、骨の髄までの短篇作家である、と言ってもいいかもしれません。彼は三十六歳で死にましたが、かりに彼がもっと生き長らえ、心身の健康にも恵まれて、さらに新しい境地を開拓していたら、いわゆる長篇小説を書いていたでしょうか。どうもそうとは思われません。

実際に、彼も一度ならず長い小説を書きかけたことはありましたが、途中でつづける気をなくしたらしく、そのままになっています。『河童』などは完成したものでは比較的長いほうですが、これも中篇ぐらいのところでしょう。その彼も学生時代には、例えばロマン・ロランの『ジャン・クリストフ』に感銘を受け、文学の仕事もミケランジェロのような力のある仕事でなくてはつまらない、というふうな気持を抱いていた時期があったようです。

しかし、当人の意気込みは意気込みとして、小説の長い短いは単に原稿用紙の枚数の問題ではありません。いくら当人が長く書こうと努力しても、努力だけでは長くなりようがない。これはその作者の文章の一行一行にかかわる宿命的な事実のようで、つまるところ、やはり資質の問題ということになるのでしょう。芥川の場合も、その文章には生涯を通じて多少の変遷はあるようですが、一点一画をゆるがせにしない、息苦しいまでに隙のない筆法は最後まで一貫しています。あの文章で何百枚何千枚も書き続けることは、神経的にも体力的にも不可能であったでしょう。それでなくても、彼はああいう文章に骨身を削ることで自らの死を早めたとさえ見えるのですから。

それだけに、彼の文章は文章として面白い。細かい仕掛けや巧妙な企みに富んだ、人工的な味わいのするもので、全体に緊張の美が行きわたり、一読して彼のものであることがわかる高い調子を持っています。ここに、彼がまだ文壇に出る前、一高の生徒であった時分に書いた『大川の水』（明治四十五年、二十一歳）という小品があります。大川端に生まれた自分と隅田川の因縁を愛着と交感をもって綴った叙景文のようなもので、名文ですが、その一節——

> 自分は幾度となく、青い水に臨んだアカシアが、初夏のやわらかな風にふかれて、ほろほろと白い花を落とすのを見た。自分は幾度となく、霧の多い十一月の夜に、暗い水の空を寒むそうに鳴く、千鳥の声を聞いた。自分の見、自分の聞くすべてのものは、ことごとく、大川に対する自分の愛を新たにする。ちょうど、夏川の水から生まれる黒蜻蛉の羽のような、おののきやすい少年の心は、そのたびに新たな驚異の眸を見はらずにはいられないのである。殊に夜網の船の舷に倚って、音もなく流れる、黒い川を凝視《みつ》めながら、夜と水との中に漂う「死」の呼吸を感じた時、いかに自分は、たよりのない淋しさに迫られたことであろう。

早熟の文才という現象につきものの一つの特徴がよく出ています。清純可憐と言ってもいいような青臭いものと、その反対にいやに大人びた、いっそ老人臭い趣味的なものと。芥川の小説の文字通りの処女作は『老年』(大正三年、二十三歳)という、隠居した老人の心境を描いたものであることも興味深いことです。

それはともかく、年少の私などはまず芥川のみごとな文章に目を見はらされたと言えます。その隅々まで計算し尽くされ、磨き上げられた、工芸品のような美にかぶれたということで、彼の思想や人生観といったものまでも理解して、心から共鳴したというのではなかったようです。

もっとも、こういう言い方は、本当は正しくないでしょう。一つの思想なり人生観なりがあるとして、なにもそれを伝達するために小説は——ひろく文学は——書かれるのではない。そもそも文章に表わされることがなければ、どんな思想も人生観も無きにひとしいと言ったほうがいい。また、その思想や人生観にしても、例えば「私は花火の事を考えていたのです。我々の生《ヴイ》のような花火の事を。」(『舞踏会』)とか、「架空線はあいかわらず鋭い火花を放っていた。彼は人生を見渡しても、何も特に欲しいものはなかった。が、この紫色の火花だけは、——凄まじい空中の火花だけは命と取り換えてもつかまえたかった。」(『ある阿呆の一生』)とかいう唯一絶対的な言葉に完璧に実現されて——不朽化されてと言ってもいいですが——はじめてなにごとかが伝わるという性質のものでしょう。長い小説ならともかく、短篇ではデテールがすべてだと言われるのはそういう意味です。

よく似た考えや意見といった程度のものなら、世の中にいくらもあります。が、文学作品は、誰がどんなふうにそれを言葉にするかということです。よく問題にされる芥川のシニカルな人間観や厭世的な気分といったものも、なにも芥川の独創でも専売特許でもない。古来、いくつも先人の例があるし、今後も出てくるにちがいない。王朝物とかキリシタン物とかの題材にしても、べつだん彼の発明ではない。出所はわかっているし、同じような材料は彼の友人の菊池寛も扱っている。その後も多くの作家が書いているし、これからも書くでしょう。そんなわけで、小説の題材だのモチーフだのというものに関しては、まさに「日の下に新しきものなし」で、各時代時代に大勢の作者が同じ場所を、さまざまな掘り方で掘り返しているにすぎません。

では、芥川の独創、発明はどこにあるかと言えば、まさに彼の文章にあると言うべきでしょう。彼の書いたものが——全部が全部とは言いませんが——話の中身はもうすっかりわかっているのに、何度読んでも面白いのは、一にかかって文章の力と言う他はないでしょう。むろん話自体が面白い場合もありますが、本当は話が面白いのではなくて、文章が面白いのです。ただ話が面白いだけなら、一度読めばそれで十分でしょうから。

芥川のものはどれもみな短いですから、一つ読んで面白いと思ったら、立てつづけにいくつか読んでみるといいと思います。学生の諸君は、あるいは中学や高校の教科書で『羅生門』とか『鼻』とか『芋粥』とか、あるいは『蜘蛛の糸』とか『杜子春』とか『トロッコ』

とか、彼の名作と言われるものをいくつかは読んでいるでしょう。ストーリーぐらいはぼんやり覚えているでしょう。と同時に、この作者独特の語り口、その文章の呼吸のようなものがかすかにでも耳に残ってはいないでしょうか。

ある日の暮れ方の事である。一人の下人が、羅生門の下で雨やみを待っていた。

の書き出しで始まり、最後は、

しばらく、死んだように倒れていた老婆が、死骸の中から、その裸のからだを起こしたのは、それからまもなくの事である。老婆は、つぶやくような、うめくような声を立てながら、まだ燃えている火の光をたよりに、梯子の口まで、はって行った。そうして、そこから、短い白髪《しらが》をさかさまにして、門の下をのぞきこんだ。外には、ただ、黒洞々《こくとうとう》たる夜があるばかりである。

下人の行くえは、たれも知らない。

で終わる『羅生門』の物語の調子。また、こちらはもっとくだけたお話の調子ですが、

ある日の事でございます。お釈迦様は極楽の蓮池のふちを、独りでぶらぶらお歩きになっていらっしゃいました。池の中に咲いている蓮の花は、みんな玉のようにまっ白で、そのまん中にある金色の蕊《ずい》からは、何ともいえない好い匂が、たえまなくあたりへ溢れております。極楽はちょうど朝なのでございましょう。

というふうに語り起されて、おしまいは、

しかし極楽の蓮池の蓮は、少しもそんな事には頓着致《とんじやく》しません。その玉のような白い花は、お釈迦様の御足《おみあし》のまわりに、ゆらゆら萼《うてな》を動かして、そのまん中にある金色の蕊からは、何ともいえない好い匂が、たえまなくあたりへ溢れております。極楽ももう午《ひる》に近くなったのでございましょう。

と結ばれる『蜘蛛の糸』の物語の調子。

この調子――トーンと言ってもいいですが――これが読者をして（芥川の文章だ）と直覚させる第一のサインです。同じことを他の誰かが書いても、いや、誰が書いたっていいのですが、しかし、この調子だけは真似ようにも真似られないというもの。芥川に限らず、すべて作家の文章にはその人にしかないトーンがあります。

音楽や絵画でも、同じようなことがあると思います。メロディーのひとふしを耳にしただけで誰々の曲だとか、タブローのほんの一部分を見せられただけで、その色やタッチから誰それの絵だとわかるようなものです。

＊

私は先ほど、小説では、とりわけ短篇では、思想や人生観よりも文章が先だ、と言いました。それはこういうことです。

自分は淋しい、自分は悲しい、といくら書いたところで、それを読む読者はいっこうに淋しくも悲しくもならず、作者に共感も抱きません。読者をしてそのような感動に引き込むためには、どんな場面をいかに順序立てて並べるか、その中で人物をどう行動させるか、そのためには描写の言葉の一語一語をどう組み合せるか、そこまでの用意が必要でしょう。しかも、小説の言葉というものは、一語一語に抜きさしならぬ意味があると同時に、作品全体で——もっと具体的に言えば読後の余韻によって——なにごとかを伝えているのですから、それをつかまえるためには、諸君が教室でやるような字句の詮索よりも、文章のトーンをじかに感じ取ることのほうがはるかに大事であると言えます。

例えば、芥川の場合には、彼の作家としての悲劇的な運命、早い話があのような死に方をした事実から、とかくその厭世観や自殺の哲学といったものに目が向けられがちですが、——また、大正という特殊な時代背景を重視するような見方もありますが、——そうとばかり割り切ってしまっては、折角の作者としての苦心が報われぬというものでしょう。

忘れてはならないのは、作家がいかに暗澹として救いのない作品を書こうと、書くというその事は一種の喜びなしに行なわれるものではない、ということです。つらい、苦しい、と言いながらも、書くという行為自体には一つの救いがあります。人間にそのような滑稽な矛盾を強いるところに、言葉というものの不思議な魔力があると言ってもいいかもしれません。そのことを当の芥川自身も告白しているくらいですから。——

幻滅した芸術家

ある一群の芸術家は幻滅の世界に住している。彼らは愛を信じない。良心なるものをも信じない。ただ昔の苦行者のように無何有《むかう》の砂漠を家としている。その点はなるほど気の毒かもしれない。しかし美しい蜃気楼は砂漠の天にのみ生ずるものである。百般の人事に幻滅した彼らもたいてい芸術には幻滅していない。いや、芸術と言いさえすれば、常人の知らない金色《こんじき》の夢はたちまち空中に出現するのである。彼らも実は思いのほか、幸福な瞬間を持たぬわけではない。（『侏儒の言葉』大正十二年）

そうであるならば、あまり性急に作者の思想だの人生観だのと作品を要約してかからぬほうがいいでしょう。芥川にしても、自分は愛せない、信じられない、だから人生は生きるに価しないと言っているのではない。そんな簡単なことではなさそうです。

芥川の短篇は、題材も時代も実に多岐にわたっており、技巧的にもきわめて多彩で、あらゆる技法を縦横に駆使していると言われます。しかし、そのいくつかをつづけて読まれればわかると思いますが、外見の多種多様の割には、作品のトーンはひどく似かよったものが多いということです。短篇は書き出しの第一行が大事ですが、結びの一行ないし数行はもっと重大でしょう。こころみに、彼の短篇の結末を年代を追って抜き書きしてみると——

下人の行くえは、たれも知らない。（『羅生門』）

記録は、大体ここまでしか、悪魔の消息を語っていない。ただ、明治以後、ふたたび、渡来した彼の動静を知る事が出来ないのは、返えす返えすも、遺憾である。……（『煙草と悪魔』）

このかすかな梅の匂につれて、冴返る心の底へしみ透って来る寂しさは、このいいようのない寂しさは、一体どこから来るのであろう。——内蔵之助は、青空に象嵌をしたような、堅く冷い花を仰ぎながら、何時までもじっとたたずんでいた。（『ある日の大石内蔵之助』）

屍骸は今でもあの男の家の跡に埋まっております。尤も小さな標《しるし》の石は、その後何十年かの雨風に曝されて、とうの昔誰の墓とも知れないように、苔蒸しているにちがいございません。（『地獄変』）

私はこの時始めて、いいようのない疲労と倦怠とを、そうしてまた不可解な、下等な、退屈な人生を僅に忘れる事が出来たのである。（『蜜柑』）

おれはそれぎり永久に、中有の闇へ沈んでしまった。……（『藪の中』）

塵労に疲れた彼の前には今でもやはりその時のように、薄暗い藪や坂のある路が、細々と一すじ断続している。……（『トロッコ』）

廉一は今でも貧しい中に、毎日油画を描き続けている。三男の噂は誰も聞かない。（『庭』）

今はこの話に出て来る雛も、鉛の兵隊やゴムの人形と一つ玩具箱に投げこまれながら、同じ憂きめを見ているのかもしれない。（『雛』）

あなたは僕の友だちだった裁判官のペップを覚えているでしょう。あの河童は職を失った後、ほんとうに発狂してしまいました。なんでも今は河童の国の精神病院にいるということです。僕はS博士さえ承知してくれれば、見舞いに行ってやりたいのですがね……（『河童』）

どうかこの手紙は僕の死後にも何年かは公表せずに措いてくれ給え。僕はあるいは病死のように自殺しないとも限らないのである。（『ある旧友へ送る手記』）

こうして書き写しながらも、私などはいささか気が滅入ってきます。闇と忘却と、疲労と倦怠と、狂気と死と――処女作から死に臨んでの手記まで、よくも飽きもせず同じトーンの物語を書き通したものと思います。しかし、それが彼の不名誉だと言いたいのではない。一見個々ばらばらで、多芸多才を誇示するかのような芥川の作品も、これをひと続きに読めば単一の世界として眺められるというのは、彼の作家としての一貫性を証明するにたるものでしょう。

もっとも、私はこのことからなにか決定的な結論を引き出そうという気もありません。わかるのは、芥川という作家はごく若い時分から、なにを書いてもこういうふうに書きたくなる、こういう書き方をしないと気が済まない人だったのだろうということだけです。作家は誰しも自分の好みの風景とでもいうようなものを持っているので、ついつい筆がそっちのほうへ行ってしまうのだろうと思います。「彼らも実は思いのほか、幸福な瞬間を持たぬわけではない。」結びの一行を書き終えて筆をおく瞬間は、芥川にとっても、幸福な瞬間の一つであったろうと想像されます。

ただ、一つだけ注意してもいいことは、完結性をたっとぶ短篇小説というものの性格上、その結末の一行ないし数行が、誇張とは言わぬまでも必要以上に身ぶりが大きくなることもあろうかということ、また、そこに漂う倦怠感や疲労感が作中人物のものというよりも、むしろ執筆時の作者自身のそれである場合も大いにあるだろうということです。

余韻をかもす詠嘆ばかりではない、そこには、読者をはぐらかしておいて自分の本心を見せまいとするような、ショックを与えておいてニヤリとするような、謎をかけて突き放すような調子もあります。どうしてそういう調子になるのかと言えば、もともと短篇という形式にはそのようないたずら気があるためと、作者芥川に、行動的ではないがなにか戦闘的なもの、内向的なくせにひどく攻撃的なものがあったからではないでしょうか。手っ取り早く言えば、これも彼の資質、さらには趣味の問題でしょう。

彼は大変な読書家でしたから、いろいろ外国の作家を参考にしていますが、例えば『カルメン』の作者で『マテオ・ファルコーネ』などという残酷な美をたたえた名短篇を残したプロスペル・メリメなどには、ある羨望を禁じ得なかったことでしょう。

＊

ところで、数多い芥川の短篇の中からどれか一つを選んで紹介するというのは、以上述べたようなことからも、あまり意味がないうえに大変むずかしい。やはり読者の興味のおもむくままに何篇かまとめて読んでみるのがいいと思います。

佐藤春夫、川端康成、広津和郎は『歯車』を最高傑作だと言っているそうです。宇野浩二と室生犀星は『玄鶴山房』を、正宗白鳥は『地獄変』と『一塊の土』を、志賀直哉は『一塊の土』と『点鬼簿』を、谷崎潤一郎は最初の作品集『羅生門』に入っているものが一番いいと言ったそうですし、三島由紀夫は『舞踏会』を絶讃しています。その他、『戯作三昧』『開化の殺人』『秋』『庭』『海のほとり』『年末の一日』『蜃気楼』『河童』などを推す人もいるようです。これら全部を合せても大した分量ではありませんが、中には年少の読者のまったく歯が立たないようなものもあります。こうした専門家の評価を気にする必要はなく、いますぐ全部を読む必要もないでしょう。

傑作かどうかは別として、私はここでは『藪の中』を挙げておきます。黒沢明監督の映画『羅生門』（昭和二十五年製作）をテレビなどで見た人もいると思いますが、あれはこの短篇を本《もと》にしています。黒沢監督はこの『藪の中』と文壇処女作『羅生門』とをうまい具合にくっつけ、さらに原作にはない別個の結末をこしらえるなどして、一本の映画にまとめました。

この映画が国際的にも成功したのは、平安末期とおぼしい乱世の殺人暴行事件という刺激的な題材が、日本をはじめ第二次大戦後の国々の荒廃した状況にぴったりで、人心に訴えるところが大きかったこともありますが、もう一つ、『藪の中』という作品の独特のスタイルに負うていることもあるでしょう。この短篇は、検非違使の庁（警察兼裁判の役所）に引き出された当事者や証人たちが喋る言葉をそのまま写し取って並べた、という記録の体裁をとっており、いきなりシナリオとして使ってもいいような、平易な話し言葉になっていることです。

こういう形式は、今日でこそ推理小説や裁判を扱ったドキュメンタリー風の読物で珍しくありませんが、芥川の当時としては、まだかなり大胆な、実験的な手法ではなかったかと思われます。ただ、現代のものと変っていることは、ここでは死んだ人間も巫女の口をかりて堂々と証言していることです。

話の要点はまことに簡単で、京の郊外の山中で、胸を刀でひと突きされた若い侍の死体が見つかる。夫婦づれで旅に出たところを盗賊に襲われ、妻を奪われたらしいのだが、犯人が挙げられ、証人も揃ったのに、犯行のいきさつがさっぱりつかめない。夫の死が他殺なのか、自殺なのかもはっきりしない。というのも、死骸を見つけた木樵り、生前の被害者を目撃した旅法師、盗賊をとらえた放免（検非違使庁の使用人）、侍の妻の母親、侍の妻を凌辱した盗賊、清水寺に身を寄せた侍の妻、巫女によって冥界から呼び出された侍の死霊——この七人が代る代る陳述する内容が、いずれも少しずつないしは大きく食い違っていて、どれを信用していいかわからない。事の真相はまさに「藪の中」にしかないというわけで、読者に謎を突きつけたまま終ってしまう。

芥川はこの『藪の中』を書くヒントの一つを、彼が愛読した『今昔物語』第二十九巻の第二十九話「女、乞匃《コツガイ》ニ捕ヘラレ子ヲ弃《ステ》テ迯《ニゲ》タル語《コト》」という説話から得たと言われています。ところが、このほうは『藪の中』以上に奇妙な話で――ある山の中で、赤ん坊をおぶった若い女が二人の乞食に襲われる。無人の山中では抵抗のしようもないからおとなしく言いなりになるふりをするが、一計を案じて、実はけさからお腹《なか》の加減がおかしくて我慢ができない、ちょっとあそこで用をたしてくるから行かせてくれ、と頼み込む。乞食が、駄目だ、と言うのを、ではこの赤ん坊を人質に置いて行くから、とわが子を手渡して、その隙に逃げてしまう。逃げて行く途中で武士の一団に助けられるが、現場に戻ってみると、赤ん坊は手足を引き裂かれて殺され、乞食たちはいなくなっていた、というもの。最後に教訓がついていて、たとえわが子を犠牲にしても乞食どもの辱しめを受けまいとしたこの女は感心である、というふうなことが記されています。

いくらなんでもこれでは小説になりようもない。あられもないというか、尾籠なというか、そういう話です。ただ、こちらは書き方があまりに野放図で、あっけらかんとしているので、恐ろしい話なのに、鄙びた猥談でも聞くような健康さがあり、お上品でない笑いを誘われます。苦悩だの厭世だのといったものは、薬にしたくもありません。

では、『藪の中』はどうか。このほうは書きっぷりもだいぶ深刻で、作者も『今昔』みたいに平然としてはいられない様子である。しかし、だからといって、芥川がこの作品で彼一流の懐疑や人間不信——人間は肉親や夫婦といえどもそれぞれにエゴイズムのかたまり、弱肉強食のけだもので、相信じがたく、また、真実を述べるという人間の言葉も、まことに虚栄にみちみちた自己正当化の方便で、およそ信ずるにたりないといった悲観的な気分——を表明しようとしたのだと受け取るだけでは、なんだかつまらない。それではあまりに常識にすぎ、図式的にすぎます。第一、たったそれだけのことを言うのに、これほどまでに文章を彫琢して隙のない物語をこしらえるエネルギーが馬鹿げて見えます。

私は、芥川はこういう話が好きだったのだろうと思います。ちょっと下《しも》がかったような、野卑で、好色な話、また、血なまぐさい、猟奇的とも言える変死事件のようなもの、新聞の社会面や週刊誌の特集ページをにぎわすような、どぎつい話に特別な嗜好を持っていたのだろうと思います。彼自身、『今昔』について、その生々しい美、荒々しい野性味に惹かれると語っています。

もちろん、健康な男なら誰しもそういう話題が嫌いな人間はいないでしょう。芥川も、その好奇心においては、すこぶる健康であったと言えます。ところが、『今昔』のような生々しい美、荒々しい野性味ぐらい芥川その人に不似合いなものはなく、柄にもなく一生そういうものに惹かれつづけたところに彼の悲劇があったとさえ言いたいくらいです。その種の題材も、芥川の手にかかると、知性と皮肉で洗練され、複雑な味つけをほどこされて、芸術の香気ある料理になった代り、もとの材料の野趣はどこかへ行ってしまいました。『藪の中』の例を見てもわかるように、近代人の「心理」や「芸術」は、単純なものをいよいよもって複雑にすることにのみ専念してきたように見えます。そうして、自分で作り出したものにがんじがらめにされ、その影にもおびえるようになり、手も足も出なくなっているように見えます。そこが面白いと言えば面白く、反対に、だからつまらないと思う読者もいることでしょう。

芥川龍之介というと、とかく眉根にしわを寄せて苦悩に打ち沈んだ、あの幽鬼のような作者の風貌を思い出しがちです。しかし、その彼が貪欲な好奇心をもって洋の東西に小説の題材をさぐり、身が細るほどに文章に心血を注いだのも、まずは読者を楽しませようがためであったのですから、われわれもその素晴らしい話術と文章を大いにたのしむべきだろうと思います。

（岩波ジュニア新書『小説の読みかた』昭和五十五年九月二二日発行）

付録

『今昔物語集』より

羅城門の上層《うはこし》に登りて死人《しにん》を見る盗人《ぬすびと》の語《こと》　（巻二十九第十八）

今は昔、摂津《つ》[1]の国の辺《ほとり》より、盗みせむがために京に上《のぼ》りける男《をのこ》の、日のいまだ明かかりければ、羅城門の下に立ち隠れて立てりけるに、朱雀《すざく》[2]の方《かた》に人しげくありきければ、人の静まるまでと思ひて、門の下に待ち立てりけるに、山城[3]の方より人どものあまた来たる音のしければ、それに見えじと思ひて、門の上層にやはら[4]かかつり登りたりけるに、見れば、火ほのかにともしたり。

盗人、「怪し。」と思ひて、連子《れんじ》[5]よりのぞきければ、若き女の、死にて臥《ふ》したるあり。その枕上《まくらがみ》に火をともして、年いみじく老いたる嫗《おうな》の、白髪《しらが》白きが、その死人の枕上にゐて、死人の髪をかなぐり抜き取るなりけり。

盗人これを見るに、[6]心も得ねば、「これはもし[7]鬼にやあらむ。」と思ひておそろしけれども、「もし[8]死人にてもぞある、おどして試みむ。」と思ひて、やはら戸を開けて、刀を抜きて、盗人、「己は、己は。」と言ひて走り寄りければ、嫗、[9]手まどひをして、手を摺《す》りてまどへば、盗人、「こは何ぞの嫗のかくはしゐたるぞ。」と問ひければ、嫗、「己が主にておはしましつる人の失せたまへるを、あつかふ人のなければ、かくて置きたてまつりたるなり。その御髪《おほむかみ》の[10]長《たけ》に余りて長ければ、それを抜き取りて鬘《かつら》にせむとて抜くなり。助けたまへ。」と言ひければ、盗人、死人の着たる衣《きぬ》と嫗の着たる衣と、抜き取りてある髪とを奪《ば》ひ取りて、下《お》り走りて逃げて去りにけり。

さてその上の層《こし》には死人の骸骨ぞ多かりける。死にたるひとの、[11]葬《はうぶ》りなどえせぬをば、この門の上にぞ置きける。

このことは、その盗人の人に語りけるを聞き継ぎて、かく語り伝へたるとや。

---

1 **摂津の国**　大阪府北西部と兵庫県南東部の古い国名。「せっつ」。 2 **朱雀**　朱雀大路。 3 **山城**　京都府南部の古い国名。ここは、都の外、羅城門の南側をさす。 4 **やはらかかつり登りたりけるに**　そっとよじ登ったところ。 5 **連子**　縦または横に細木や竹を打ち付けた窓。 6 **心も得ねば**　納得がいかないので。 7 **鬼**　当時、羅城門には鬼が住むと考えられていた。 8 **死人**　ここは、死者の霊、の意か。 9 **手まどひ**　うろたえて、思うように手が使えないこと。慌てふためくこと。 10 **長に余りて長ければ**　背丈以上に長いので。 11 **葬りなどえせぬ**　葬儀などできない死者。

「羅城門の上層に登りて死人を見る盗人の語」現代語訳

今となっては昔の話だが、摂津の国あたりより盗みをするために京へ上ってきた男が、(盗みをするには)まだ明るかったので、羅城門の下に隠れて立っていたところ、朱雀大路の方に人の往来が多いので、人が静まるまでと思い、門の下で待っていたが、今度は反対の山城の方から人が大勢近づいてくる音がしたので、姿を見られまいと思い、羅城門の上へ、そろそろとよじ登ったところ、そこをのぞくと、火がほのかにともっていた。

盗人は「怪しい。」と思って、窓からのぞくと、若い女が死んで横たわっている。その枕元に火をともし、とても年老いた白髪頭の老婆が、その死人の枕元に座り、死人の髪を引きむしっていた。

盗人はこの様子を見ると、わけがわからず、「これは鬼ではないか」と思って恐ろしく思うけれど、「いや、死人かもしれない、脅かして試してみよう。」と思って、ゆっくりと戸を開け、刀を抜き、(急に)「お前は、お前は。」と叫びながら走り寄ると、老婆は、慌てふためいて、(命乞いのように)手を合わせて拝んだので、盗人が、「これは、どのような老婆のしわざなのか。」と問いつめると、老婆は、「自分の主人でいらっしゃった方が亡くなったのを葬る人がいないので、ここに置き申し上げているのじゃ。その御髪が背丈以上に長いので、それを抜き取って鬘にしようと思って抜いているのじゃ。お助けなされ。」と言うと、盗人は、死人の着ていた衣と、老婆の着ていた衣と、抜き取ってあった髪を奪い取り、門の上から下りて、走り去っていった。

さてさて羅城門の上には死人の骸骨が多かったそうだ。死んだ人で葬ることができなかったのをこの門の上に置いたのである。

この話は、その盗人が人に語ったのを聞き継いで、このように語り伝えられているということである。

『宇治拾遺物語』より

絵仏師良秀

（巻第三）

これも今は昔、絵仏師良秀《りやうしう》[1]といふありけり。家の隣より火出《い》で来て、風押しおほひて責めければ、逃げ出でて、大路《おほち》へ出でにけり。人の描《か》かする仏[2]もおはしけり。また、衣着《きぬ》ぬ妻子《めこ》なども、さながら内にありけり。それも知らず、ただ逃げ出でたるを事[3]にして、向かひの面《つら》に立てり。

見れば、すでにわが家に移りて、煙《けぶり》・炎くゆりけるまで、おほかた、向かひの面に立ちて眺めければ、「あさましきこと。」とて、人ども来とぶらひけれど、騒がず。「いかに。」と人言ひければ、向かひ[4]に立ちて、家の焼くるを見て、うちうなづきて、時々笑ひけり。「あはれ、しつるせうとくかな。年ごろは、わろく描きけるものかな。」と言ふ時に、とぶらひに来たる者ども、「こはいかに、かくては立ちたまへるぞ。あさましきことかな。[5]ものの憑《つ》きたまへるか。」と言ひければ、「[6]なんでふ、ものの憑くべきぞ。年ごろ、[7]不動尊の火炎を悪《あ》しく描きけるなり。今見れば、かうこそ燃えけれ、と心得つるなり。これこそせうとくよ。この道を立てて世にあらむには、仏だによく描きたてまつらば、百千の家も出で来なむ。[8]わたうたちこそ、[9]させる能もおはせねば、物をも惜しみたまへ。」と言ひて、あざ笑ひてこそ立てりけれ。

その後《のち》にや、良秀が[10]よぢり不動とて、今に人々めであへり。

1 **絵仏師** 仏画を描く絵師。「良秀」という人物については未詳。 2 **仏** 仏画。 3 **事にして** よいことにして。 4 **しつるせうとくかな** たいへんなもうけものをしたなあ。「せうとく」は、「所得」。 5 **もの** 物《もの》の怪《け》、鬼神など、正気を狂わせると考えられていたもの。 6 **なんでふ** 「なにといふ」の約。反語の表現。 7 **不動尊** 火炎を背負って怒りの相を表し、悪魔や煩悩を打ち砕く。不動明王。 8 **わたうたち** あなたがた。 9 **させる能もおはせねば** たいした才能もお持ちでないのだから。 10 **よぢり不動** 火炎が、よじるような曲線で写実的に描かれた不動尊の絵。

「絵仏師良秀」現代語訳

これも今はもう昔のことだが、絵仏師の良秀という人がいたのだった。（自分の）家の隣から火が起こって、風がおおいかぶさるように吹いて（火が）迫ってきたので、（良秀は）逃げ出して大通りに出たのだった。（家の中には）人が（注文して良秀に）描かせている仏画もいらっしゃった。また、衣服も身につけていない妻や子どもなども、そのまま家の中にいたのだった。良秀はそれも気にせず、ただ（自分だけ）逃げ出したのをよいことにして、大路の向かい側に立っている。

見ると、すでにわが家に（火が燃え）移って、煙や炎がくすぶるまで、だいたいずっと、向かい側に立って眺めていたところ、「たいへんなこと（ですね）。」と言って、人々がやって来て見舞ったけれど、（良秀は）騒がない。「どうしたの（です）か。」と人々がたずねると、（良秀は）道の向かい側に立って、家の焼けるのを見て、うなずいては、時々笑った。「ああ、たいへんなもうけものをしたなあ。これまで長い間、平凡に描いてきたものだなあ。」と言う時に、見舞いに来た者たちは、「これはいったいどうして、このように（何もせず）立っていらっしゃるのか。驚きあきれたことだなあ。物の怪がとり憑いていらっしゃるのか。」と言ったところ、（良秀は）「どうして物の怪がとり憑くはずがあろう。（いや、とり憑くはずがない。）長年の間、不動尊の火炎を下手に描いていたのだ。今見ると、このように燃えていたのだなあと、わかったのだ。これこそ、もうけものよ。この（仏画の）道を専門にして世の中で生きていこうとする場合には、仏（の絵）さえ上手に描き申し上げるならば、百や千の家もきっと造り出せるだろう。あなたがたこそ、たいした才能もおありでないので、物などを惜しみなさるのだ。」と言って、あざ笑って立っていたのだった。

その後のことであったろうか、良秀の「よじり不動」といって、（彼の絵を）今にいたるまで人々は賞賛しあっている。

年譜（太字の数字は月）

一八九二（明治二五）年　**3・1**東京市京橋区（現中央区）入船町に新原敏三・フクの長男として生まれた。辰年辰月辰日辰刻生まれだったので龍之介と命名される。敏三は山口県人で牛乳生産販売業を営み、新宿と入船町に牧場をもっていた。龍之介の生後八か月で母フクが精神を病んだため、母の実家芥川家（当時本所区小泉町）において、母の実兄道章に育てられた。芥川家は下町の由緒ある旧家で、家庭生活には江戸の文人的、通人的な趣きが強かった。

一八九八（明治三一）年　六歳　**4**本所元町の江東小学校に入学。

一九〇二（明治三五）年　十歳　龍之介の学業成績は優秀で、文学の方面でも早熟の才を示し、この年四月から同級生たちと回覧雑誌「日の出界」を発行、自ら編集した。また滝沢馬琴の「八犬伝」、式亭三馬、十返舎一九、近松門左衛門などの江戸文学、さらに徳冨蘆花の「自然と人生」「思出の記」、泉鏡花の「化銀杏」などを愛読した。**11・28**実母フクが病死した。

一九〇四（明治三七）年　十二歳　実父敏三と継母（実母の妹）との間に弟得二が生まれていたので、新原家は得二が嗣ぐことになり、8龍之介は芥川家に入籍した。

一九〇五（明治三八）年　十三歳　江東小学校高等科を卒業、本所柳原町の東京府立第三中学校に入学した。二級上に久保田万太郎、河合栄治郎らがいた。中学時代も学業は優秀で、とくに漢文の力は抜群であった。読書への欲望も強まり、尾崎紅葉、幸田露伴、樋口一葉、高山樗牛、国木田独歩、夏目漱石、森鷗外などを手当り次第濫読した。外国作家ではイプセン、アナトール・フランスに興味を寄せた。最も愛好した学科は歴史で、将来は歴史家になろうと思っていた。中学時代の作品「木曾義仲論」はそれを示している。

一九一〇（明治四三）年　十八歳　府立第三中学校卒業。成績優秀のため、無試験で第一高等学校一部乙（文科）に入学した。同級に菊池寛、久米正雄、山本有三、土屋文明らがいた。また一級上の文科には、豊島与志雄、近衛文磨らがいた。この年、一家は新宿に移った。

一九一一（明治四四）年　十九歳　本郷の一高寄宿寮に入って一年間の寮生活を送った。高校生としての龍之介は秀才肌の真面目な学生で、ボードレール、ストリンドベリ、アナトール・フランス、さらにベルグソン、オイケンなどを愛読した。

一九一三（大正二）年　二一歳　7第一高等学校卒業。卒業成績は、二十七名中二番。9東京帝国大学英文科に入学した。

一九一四（大正三）年　二二歳　2豊島与志雄、久米正雄、菊池寛、山本有三、土屋文明らと第三次「新思潮」を発刊し、龍之介は柳川龍之介のペンネームで創刊号にアナトール・フランスの、つづいてイェーツの翻訳を掲載した。5処女小説「老年」を、9戯曲「青年と死」を発表した。第三次「新思潮」はこの年十月に廃刊となった。十月末、一家は府下豊島郡滝野川町字田端（現在の北区田端）に移った。

一九一五（大正四）年　二三歳　4「ひょっとこ」を、10「羅生門」を「帝国文学」に発表したが反響はなかった。12大学の同級で古くから漱石の門下生であった林原耕三の紹介で、久米正雄とともに漱石山房の「木曜会」に出席し、その後は漱石の門下となった。

一九一六（大正五）年　二四歳　2久米正雄、菊池寛らと第四次「新思潮」を発刊。その創刊号に「鼻」を発表、漱石の賞讃をうけたのが文壇進出のいとぐちとなった。「鼻」は漱石門下で「新小説」の編集顧問だった鈴木三重吉の推薦で、同誌五月号に再掲された。4「孤独地獄」を、5「父」を「新思潮」に発表。5「希望」誌からの依頼で「虱」を発表して一枚三十銭の原稿料を得た。6「酒虫」を「新思潮」に発表。**7**東京帝国大学英文科を卒業。卒業論文は「ウィリアム・モリス研究」であった。**8**「仙人」を「新思潮」に、「野呂松人形」を「人文」に、**9**「猿」を「新思潮」に、「芋粥」を「新小説」に発表。「芋粥」は文壇の注目を浴びた。ついで「中央公論」に「手巾」を発表して新進作家としての地位を確立した。**11**「煙草と悪魔」を「新思潮」に、「煙管」を「新小説」に発表。**12・1**から横須賀の海軍機関学校の嘱託教官となり、居を鎌倉に移した。月俸は六十円。**12・9**夏目漱石の死にあう。

一九一七（大正六）年　二五歳　**1**「MENSURA ZOILI」を「新思潮」に、「運」を「文章世界」に、「尾形了斎覚え書」を「新潮」に、**3**「忠義」を「黒潮」に、「葬儀記」を「新思潮」（漱石追慕号）に発表。第四次「新思潮」はこの号で廃刊となった。**4**「貉」を「読売新聞」に、**4**、**7**「偸盗」を「中央公論」に発表。**5**第一創作集「羅生門」を阿蘭陀書房から刊行。著者自装であった。**6**「さまよへる猶太人」を「新潮」に発表。**6・27**佐藤春夫の発起による出版記念会「羅生門の会」が開かれた。**9**「或日の大石内蔵助」を「中央公論」に発表。同月、下宿先を横須賀に移した。**11**「戯作三昧」を「大阪毎日新聞」に発表。第二創作集「煙草と悪魔」を「新進作家叢書」第八篇として新潮社より刊行した。

一九一八（大正七）年　二六歳　**1**「西郷隆盛」を「新小説」に、「首が落ちた話」を「新潮」に発表。**2・2**中学時代の親友山本喜誉司の姪、塚本文子と結婚。この月から大阪毎日新聞社社友となった。条件は、一、雑誌に小説を発表することは自由の事、二、新聞へは大毎（東日）以外一切執筆しない事、などで報酬月額五十円、小説の原稿料は従前通りであった。**3**居を鎌倉に移して、妻と伯母、女中らとの静かな生活に入った。この頃から俳句に興味を持ち始めた。**4**「世之助の話」を「新小説」に、「袈裟と盛遠」を「中央公論」に、**5**「蜘蛛の糸」を「赤い鳥」に、「地獄変」を「大阪毎日新聞」に、**7**「開化の殺人」を「中央公論」に発表。「新興文芸叢書」第九として「鼻」を春陽堂から刊行した。**9**「奉教人の死」を「三田文学」に、**10**「枯野抄」を「新小説」に、さらに「邪宗門」を「東京日日新聞」に（〜**12**）、**11**「るしへる」を「雄弁」に発表した。

一九一九（大正八）年　二七歳　**1**「あの頃の自分の事」を「中央公論」に発表。第三創作集「傀儡師」を新潮社より刊行。**2**「開化の良人」を「中外」に発表。**3**創作に専心するため、海軍機関学校嘱託をやめ、大阪毎日新聞社嘱託社員となった。出勤はせず、年に何回か小説を書き、他の新聞に執筆しないという条件、原稿料なしで月額百三十円の報酬だった。**3・15**実父新原敏三が流行性感冒で死去。「きりしとほろ上人伝」を「新小説」（**3**、**5**）に発表。**4**再び田端の自宅に移った。**5**菊池寛と長崎に遊ぶ。書斎「我鬼窟」の面会日を日曜日とし、室生犀星、小島政二郎、佐佐木茂索、滝井孝作らが集まった。**5**「蜜柑」「沼地」を「新潮」に、**6**「路上」を「大阪毎日新聞」（〜**8**）に掲載。

一九二〇（大正九）年　二八歳　**1**「魔術」を「赤い鳥」に、「舞踏会」を「新潮」に、「鼠小僧次郎吉」を「中央公論」に、「尾生の信」を「中央文学」に発表。第四創作集「影燈籠」を春陽堂より刊行。3長男比呂志生まれる。4「秋」を「中央公論」に、「素戔嗚尊」を「大阪毎日新聞」に、7「南京の基督」を「中央公論」に、「杜子春」を「赤い鳥」に発表。11久米正雄、菊池寛、宇野浩二らと京阪を講演旅行した。

一九二一（大正十）年　二九歳　1「山鴫」を「中央公論」に、「秋山図」を「改造」に、「アグニの神」を「赤い鳥」（1、2）に発表。3第五創作集「夜来の花」を新潮社より刊行。大阪毎日新聞社の海外視察員として、上海、江南、長江、廬山に至り、武漢、洞庭湖から長沙、北京、朝鮮を経て七月末帰京した。この間、4「往生絵巻」を「国粋」に発表。8「上海游記」を「大阪毎日新聞」に連載。10「好色」を「改造」に発表。

一九二二（大正十一）年　三十歳　1「将軍」を「改造」に、「俊寛」を「中央公論」に、「藪の中」を「新潮」に、3「トロッコ」を「大観」に、4「報恩記」を「中央公論」に発表。4・25長崎に再遊、五月末まで滞在した。また書斎の額を「澄江堂」と改めた。5随筆集「点心」を金星堂から刊行。5「お富の貞操」を「改造」（5、9）に発表。6「庭」を「中央公論」に発表。8選集「沙羅の花」を改造社より刊行。「六の宮の姫君」を「表現」に発表。11中篇「邪宗門」を春陽堂より刊行。次男多加志生まれる。この頃より健康がひどく衰える。

一九二三（大正十二）年　三一歳　1「侏儒の言葉」を「文藝春秋」に連載（大正十四年十一月完）。

3湯治のため湯河原へ行く。「雛」を「中央公論」に、5「保吉の手帳から」を「改造」に発表。第六創作集「春服」を春陽堂から刊行。8「子供の病気」を「局外」に発表。避暑のため鎌倉に逗留し、岡本一平・かの子夫妻と識り合う。10「お時儀」を「女性」に発表。室生犀星の紹介で堀辰雄を知る。11「芭蕉雑記」(九まで)を「新潮」に、12「あばばばば」を「中央公論」に発表。

一九二四(大正十三)年　三三歳　1「一塊の土」を「新潮」に、「糸女覚え書」を「中央公論」に、4「寒さ」を「改造」に発表。5金沢に室生犀星を訪ねる。この頃、「芭蕉雑記」の稿をつづける。7第七創作集「黄雀風」を新潮社より刊行。この頃、軽井沢に一か月滞在。9随筆集「百艸」を新潮社より刊行。12叔父竹内顕二を失い、また頼りにしていた義兄塚本八洲の喀血にあい、神経、健康ともにいっそう衰弱。

一九二五(大正十四)年　三三歳　1「大導寺信輔の半生」(未完)を「中央公論」に発表。4新潮社より「現代小説全集」の第一巻として「芥川龍之介集」を刊行。7三男也寸志生まれる。8軽井沢に赴き、9まで滞在。10興文社の依頼で「近代日本文芸読本」全五巻を編集したが、収録作品や印税配分について紛争があり心労を深めた。11「支那游記」を改造社より刊行。健康ますます衰える。

一九二六(大正十五・昭和元)年　三四歳　1「湖南の扇」を「中央公論」に、「年末の一日」を「新潮」に発表。胃腸病、神経衰弱、不眠症、痔などの療養のため湯河原に滞在。2「越びと」(旋頭歌二十五首）を「明星」に発表。4養生のため鵠沼海岸の東屋に住む。10「点鬼簿」を「改造」に発表。随筆集「梅・馬・鶯」を新潮社より刊行。

一九二七（昭和二）年　三五歳　1義兄西川豊宅が全焼。火事の直前に莫大な保険金がかけてあったため、放火の嫌疑が不在だった豊にかけられ、その行方を捜査中に豊は鉄道自殺をとげた。後に高利の借金が残されていたので、その始末と整理に奔走した。そのかたわら、1「玄鶴山房」を「中央公論」に、「蜃気楼」を「婦人公論」に、3「河童」を「改造」にそれぞれ発表。また、4「改造」誌上（～8）において谷崎潤一郎と「文芸的な、余りに文芸的な」の題のもとに文学論争をたたかわせた。5・13より改造社の講演旅行のため東北、北海道をまわる。6「歯車」（第一章）を「大調和」に発表。第八創作集「湖南の扇」を文藝春秋社より刊行。7・24未明、田端の自宅でヴェロナールおよびジァールの致死量をのんで自殺した。枕もとにはバイブルと三通の遺書（夫人、子供、菊池寛あて）と「或旧友へ送る手記」があった。7・27谷中斎場で葬儀が行われた。遺稿として「歯車」（「文藝春秋」10）、「闇中問答」（「文藝春秋」9）、「或阿呆の一生」（「改造」10）、「西方の人」（「改造」8）、「続西方の人」（「改造」9）、「十本の針」（「文藝春秋」9）、「続芭蕉雑記」（「文藝春秋」8）などがあった。

（編集部）

思考の整理学　外山滋比古

アイディアを軽やかに離陸させ、思考をのびのびと飛行させる方法を、広い視野とシャープな論理で知られる著者が、明快に提示する。

質問力　齋藤孝

コミュニケーション上達の秘訣は質問力にあり！これさえ磨けば、初対面の人からも深い話が引き出せる。話題の本の、待望の文庫化。（斎藤兆史）

整体入門　野口晴哉

日本の東洋医学を代表する著者による初心者向け野口整体のポイント。体の偏りを正す基本の「活元運動」から目的別の運動まで。（伊藤桂一）

命売ります　三島由紀夫

自殺に失敗し、「命売ります。お好きな目的にお使い下さい」という突飛な広告を出した男のもとに、現われたのは？（種村季弘）

こちらあみ子　今村夏子

あみ子の純粋な行動が周囲の人々を否応なく変えていく。第26回太宰治賞、第24回三島由紀夫賞受賞作。書き下ろし「チズさん」収録。（町田康／穂村弘）

ベルリンは晴れているか　深緑野分

終戦直後のベルリンで恩人の不審死を知ったアウグステは彼の甥に訃報を届けに陽気な泥棒と旅立つ。歴史ミステリの傑作が遂に文庫化！（酒寄進一）

向田邦子ベスト・エッセイ　向田邦子　向田和子編

いまも人々に読み継がれている向田邦子。その随筆の中から、家族、食、生き物、こだわりの品、旅、仕事、私……、といったテーマで選ぶ。（角田光代）

倚りかからず　茨木のり子

もはや／いかなる権威にも倚りかかりたくはない……話題の単行本に3篇の詩を加え、高瀬省三氏の絵を添えて贈る決定版詩集。（山根基世）

るきさん　高野文子

のんびりしていてマイペース、だけどどっかヘンテコな、るきさんの日常生活って？　独特な色使いが光るオールカラー。ポケットに一冊どうぞ。

劇画 ヒットラー　水木しげる

ドイツ民衆を熱狂させた独裁者アドルフ・ヒットラーとはどんな人間だったのか。ヒットラー誕生からその死まで、骨太な筆致で描く伝記漫画。

ねにもつタイプ　岸本佐知子
何となく気になることにこだわる、ねにもつ。思索、奇想、妄想はばたく脳内ワールドをリズミカルな名短文でつづる。第23回講談社エッセイ賞受賞。

TOKYO STYLE　都築響一
小さい部屋が、わが宇宙。ごちゃごちゃと、しかし快適に暮らす、僕らの本当のトウキョウ・スタイルはこんなものだ！　話題の写真集文庫化！

自分の仕事をつくる　西村佳哲
仕事をすることは会社に勤めること、ではない。仕事を「自分の仕事」にできた人たちに学ぶ、働き方のデザインの仕方とは。（稲本喜則）

世界がわかる宗教社会学入門　橋爪大三郎
宗教なんてうさんくさい!?　でも宗教は文化や価値観の骨格であり、それゆえ紛争のタネにもなる。世界宗教のエッセンスがわかる充実の入門書。

ハーメルンの笛吹き男　阿部謹也
「笛吹き男」伝説の裏に隠された謎はなにか？　十三世紀ヨーロッパの小さな村で起きた事件を手がかりに中世における「差別」を解明。（石牟礼道子）

増補　日本語が亡びるとき　水村美苗
明治以来豊かな近代文学を生み出してきた日本語が、いま、大きな岐路に立っている。我々にとって言語とは何なのか。第8回小林秀雄賞受賞作に大幅増補。

子は親を救うために「心の病」になる　高橋和巳
子は親が好きだからこそ「心の病」になり、親を救おうとしている。精神科医である著者が説く、親子という「生きづらさ」の原点とその解決法。

クマにあったらどうするか　姉崎等　片山龍峯
「クマは師匠」と語り遺した狩人が、アイヌ民族の知恵と自身の経験から導き出した超実践クマ対処法。クマと人間の共存する形が見えてくる。（遠藤ケイ）

脳はなぜ「心」を作ったのか　前野隆司
「意識」とは何か。どこまでが「私」なのか。死んだら「心」はどうなるのか。――「意識」と「心」の謎に挑んだ話題の本の文庫化。（夢枕獏）

モチーフで読む美術史　宮下規久朗
絵画に描かれた代表的な「モチーフ」を手掛かりに美術を読み解く、画期的な名画鑑賞の入門書。カラー図版約150点を収録した文庫オリジナル。

太宰治全集（全10巻）　太宰治

第一創作集『晩年』から太宰文学の総結算ともいえる『人間失格』、さらに『もの思う葦』ほか随想集も含め、清新な装幀でおくる待望の文庫版全集。

宮沢賢治全集（全10巻）　宮沢賢治

『春と修羅』、『注文の多い料理店』はじめ、賢治の全作品及び異稿を、綿密な校訂と定評ある本文によって贈る話題の文庫版全集。書簡など2巻増巻。

夏目漱石全集（全10巻）　夏目漱石

時間を超えて読みつがれる最大の国民文学を、10冊に集成して贈る画期的な文庫版全集。全小説及び小品、評論に詳細な注・解説を付す。

芥川龍之介全集（全8巻）　芥川龍之介

確かな不安を漠然とした希望の中に生きた芥川の全貌。名手の名をほしいままにした短篇から、日記、随筆、紀行文までを収める。

梶井基次郎全集（全1巻）　梶井基次郎

「檸檬」「泥濘」「桜の樹の下には」「交尾」をはじめ、習作・遺稿を全て収録し、梶井文学の全貌を伝える。一巻に収めた初の文庫版全集。（高橋英夫）

中島敦全集（全3巻）　中島敦

昭和十七年、一筋の光のように登場し、二冊の作品集を残してまたたく間に逝った中島敦——その代表作から書簡までを収め、詳細小口注を付す。

ちくま日本文学（全40巻）　ちくま日本文学

小さな文庫の中にひとりひとりの作家の宇宙がつまっている。一人一巻、全四十巻。何度読んでも古びない作品と出逢う、手のひらサイズの文学全集。

内田百閒　ちくま日本文学

花火　山東京伝　件　道連　豹　冥途　大宴会　流渦　蘭陵王入陣曲　山高帽子　長春香　東京日記　サラサーテの盤　特別阿房列車　他　（赤瀬川原平）

阿房列車——内田百閒集成1　内田百閒

「なんにも用事がないけれど、汽車に乗って大阪へ行って来ようと思う」。上質のユーモアに包まれた、紀行文学の傑作。（和田忠彦）

小川洋子と読む　内田百閒アンソロジー　内田百閒　小川洋子編

「旅愁」「冥途」「旅順入城式」「サラサーテの盤」……今も不思議な光を放つ内田百閒の小説・随筆24篇を、百閒をこよなく愛する作家・小川洋子と共に。

教科書で読む名作
羅生門・蜜柑 ほか
芥川龍之介

表題作のほか、鼻／地獄変／藪の中など収録。高校国語教科書に準じた傍注や図版付き。併せて読みたい名評論や「羅生門」の元となった説話も収めた。

現代語訳
舞姫
森鷗外
井上靖 訳

古典となりつつある鷗外の名作を井上靖の現代語訳で読む。無理なく作品を味わうための語注・資料を付す。原文も掲載。監修＝山崎一穎

こころ
夏目漱石

友を死に追いやった「罪の意識」によって、ついには人間不信にいたる悲惨な心の暗部を描いた傑作。詳しく利用しやすい語注付。（小森陽一）

続 明暗
水村美苗

もし、あの『明暗』が書き継がれていたとしたら……。漱石の文体そのままに、気鋭の作家が挑んだ話題作。第41回芸術選奨文部大臣新人賞受賞。

今昔物語（日本の古典）
福永武彦 訳

平安末期に成り、庶民の喜びと悲しみを今に伝える今昔物語。訳者自身が選んだ155篇の物語は名訳を得て、より身近に蘇る。（池上洵一）

恋する伊勢物語
俵万智

恋愛のパターンは今も昔も変わらない。恋がいっぱいの歌物語の世界に案内する、ロマンチックでユーモラスな古典エッセイ。（武藤康史）

百人一首（日本の古典）
鈴木日出男

王朝和歌の精髄、百人一首を第一人者が易しく解説。現代語訳、鑑賞、作者紹介、語句・技法を見開きにコンパクトにまとめた最良の入門書。

樋口一葉 小説集
樋口一葉
菅聡子 編

一葉と歩く明治。作品を味わうと共に詳細な脚注・参考図版によって一葉の生きた明治を知ることのできる画期的な文庫版小説集。

尾崎翠集成（上・下）
尾崎翠
中野翠 編

鮮烈な作品を残し、若き日に音信を絶った謎の作家・尾崎翠。時間と共に新たな輝きを加えてゆくその文学世界を集成する。

川三部作
泥の河／螢川／道頓堀川
宮本輝

太宰賞「泥の河」、芥川賞「螢川」、そして「道頓堀川」と、川を背景に独自の抒情をこめて創出した、宮本文学の原点をなす三部作。

茨木のり子集　言の葉（全3冊）　茨木のり子

しなやかに凛と生きた詩人の歩みの跡を、詩とエッセイで編んだ自選作品集。単行本未収録の作品なども収め、魅力の全貌をコンパクトに纏める。

一本の茎の上に　茨木のり子

「人間の顔は一本の茎の上に咲き出た一瞬の花である」表題作をはじめ、敬愛する山之口貘等について綴った香気漂うエッセイ集。（金裕鴻）

詩ってなんだろう　谷川俊太郎

谷川さんはどう考えているのだろう。その道筋にそって詩を集め、選び、配列し、詩とは何かを考えるおおもとを示しました。（華恵）

山頭火句集　種田山頭火　村上護編　小崎侃・画

自選句集「草木塔」を中心に、その境涯を象徴する随筆も精選収録し、〝行乞流転〟の俳人の全容を伝える一巻選集！（村上護）

尾崎放哉全句集　村上護編

「咳をしても一人」などの感銘深い句で名高い自由律の俳人・放哉。放浪の旅の果て、小豆島で破滅型の人生を終えるまでの全句業。（村上護）

放哉と山頭火　渡辺利夫

エリートの道を転げ落ち、引きずる死の影を詩いあげる放哉。各地を歩いて生きて在ることの孤独と寂寥を詩う山頭火。アジア研究の碩学による省察の旅。

笑う子規　正岡子規＋天野祐吉＋南伸坊

「弘法は何と書きしぞ筆始」「猫老て鼠もとらず置火燵」。天野さんのユニークなコメント、南さんの豪快な絵を添えて贈る愉快な子規句集。（関川夏央）

絶滅寸前季語辞典　夏井いつき

「従兄煮」「蚊帳」「夜這星」「竈猫」……季節感が失われ、風習が廃れて消えていく季語たちに、新しい命を吹き込む読み物辞典。（茨木和生）

絶滅危急季語辞典　夏井いつき

「ぎぎ・ぐぐ」「われから」「子持花椰菜」「大根祝う」……消えゆく季語に新たな命を吹き込む読み物辞典。超絶季語続出の第二弾。（古谷徹）

詩歌の待ち伏せ　北村薫

〝本の達人〟による折々に出会った詩歌との出会いが生んだ名エッセイ。これまでに刊行されていた3冊を合本した〈決定版〉。（佐藤夕子）

おまじない　西加奈子

さまざまな人生の転機に思い悩む女性たちに、そっと寄り添ってくれる、珠玉の短編集、いよいよ文庫化！　巻末に長濱ねると著者の特別対談を収録。

通天閣　西加奈子

このしょーもない世の中に、救いようのない人生に、ちょっぴり暖かい灯を点す驚きと感動の物語。第24回織田作之助賞大賞受賞作。（津村記久子）

沈黙博物館　小川洋子

「形見じゃ」老婆は言った。死の完結を阻止するために形見が盗まれる。死者が残した断片をめぐるやさしくスリリングな物語。（堀江敏幸）

注文の多い注文書　小川洋子　クラフト・エヴィング商會

バナナフィッシュの耳石、貧乏な叔母さん、小説に隠された〈もの〉をめぐり、二つの才能が火花を散らす。贅沢で不思議な前代未聞の作品集。（平松洋子）

図書館の神様　瀬尾まいこ

赴任した高校で思いがけず文芸部顧問になってしまった清（きよ）。そこでの出会いが、その後の人生を変えてゆく。鮮やかな青春小説。（山本幸久）

僕の明日を照らして　瀬尾まいこ

中2の隼太に新しい父が出来た。優しい父はしかしDVする父でもあった。この家族を失いたくない！隼太の闘いと成長の日々を描く。（岩宮恵子）

星間商事株式会社社史編纂室　三浦しをん

二九歳「腐女子」川田幸代、社史編纂室所属。恋の行方も友情の行方も五里霧中。仲間と共に「同人誌」を武器に社の秘められた過去に挑む!?（金田淳子）

ラピスラズリ　山尾悠子

言葉の海が紡ぎだす、〈冬眠者〉と人形と、春の目覚めの物語。不世出の幻想小説家が20年の沈黙を破り発表した連作長篇。補筆改訂版。（千野帽子）

聖女伝説　多和田葉子

少女は聖人を産むことなく自身が聖人となれるのか？　著者の代表作にして性と生と聖をめぐる少女小説の傑作がいま蘇る。書き下ろしの外伝を併録。

ピスタチオ　梨木香歩

棚（たな）がアフリカを訪れたのは本当に偶然だったのか。不思議な出来事の連鎖から、水と生命の壮大な物語「ピスタチオ」が生まれる。（管啓次郎）

ちくま文庫

教科書《きようかしよ》で読《よ》む名作《めいさく》 羅生門《らしようもん》・蜜柑《みかん》ほか

二〇一六年十二月 十 日 第一刷発行
二〇二四年 四 月 五 日 第五刷発行

著 者 芥川龍之介（あくたがわ・りゅうのすけ）
発行者 喜入冬子
発行所 株式会社 筑摩書房
東京都台東区蔵前二―五―三 〒一一一―八七五五
電話番号 〇三―五六八七―二六〇一（代表）
装幀者 安野光雅
印刷所 ＴＯＰＰＡＮ株式会社
製本所 加藤製本株式会社

ISBN978-4-480-43411-1 C0193